Um e-mail em vermelho

Coleção Jabuti Aventura

Editora Saraiva

Um e-mail em vermelho

ELIANA MARTINS E MANUEL FILHO

Apreciando a Leitura

Bate-papo inicial

Alex foi o vencedor de um concurso de homepage, mas essa vitória não foi suficiente para ele recobrar o ânimo. O desaparecimento de sua namorada Míriam e a hipótese de sua morte rondavam-lhe a cabeça como um fantasma. Sua angústia aumentou a partir do momento em que começou a receber os e-mails do Diabo. Quem enviava as mensagens e que ligação essa pessoa tinha com a Míriam? Usando um programa inventado por seu amigo Fernando, Alex consegue entrar no computador do inimigo e começa a juntar as peças do quebra-cabeça, descobrindo que o sentimento de vingança é o principal motivo de tanta desgraça.

À medida que os episódios vão se desenrolando, o leitor pode entender a importância da Internet e os diversos campos de atuação da informática. A navegação pela rede global pode ampliar conhecimentos e oferecer serviços com mais segurança, como no caso da meteorologia. No entanto, não existe sistema que não ofereça riscos. Leia essa história e acompanhe as ações diabólicas que Alex teve de enfrentar para desvendar o mistério do desaparecimento de Míriam.

Linguagem

12. Identifique o processo de formação das palavras destacadas do livro por meio do seguinte código:

1. aglutinação
2. prefixação
3. hibridismo

a) (   ) antivírus
b) (   ) surfista
c) (   ) aguardente

Observe seu cotidiano e procure outras palavras formadas pelos mesmos processos.

R.: ____

____

____

____

____

____

____

13. Complete as linhas pontilhadas, aproveitando algumas informações do texto:

Mãe de Míriam _ _ _ _ _ _ _ _ _
Tipo de sangue _
Na informática, hardware que complementa as funções do teclado _ _ _ _ _
Correio eletrônico _ _ _ _ _ _
Ciência que trata dos fenômenos atmosféricos _ _ _ _ _ _ _ _ _ _ _ _ _
Ciência da computação _ _ _ _ _ _ _ _ _ _ _ _
Viajar pela Internet em busca de informação _ _ _ _ _ _ _ _
Ato ou efeito de vingar(-se), desforra _ _ _ _ _ _ _ _ _
Contaminar com vírus _ _ _ _ _ _ _ _ _
Praticante de *surf* _ _ _ _ _ _ _ _ _
Sistema de interligação mundial de computadores _ _ _ _ _ _ _ _ _
Programa criado para atrapalhar o funcionamento de computadores chegando a destruir informações neles armazenadas _ _ _ _ _
Estatuária _ _ _ _ _ _ _ _ _ _
Ícone ou endereço que remete a uma página _ _ _ _

ELIANA MARTINS
MANUEL FILHO

Ilustrações de César Landucci

Um e-mail em vermelho

Coleção Jabuti Vida

3ª edição

Conforme a nova ortografia

Editora Saraiva

Editor: ROGÉRIO GASTALDO
Assistente editorial: KANDY SGARBI SARAIVA
Secretária editorial: ANDREIA PEREIRA
Suplemento de trabalho: MÁRCIA GARCIA
Coordenação de revisão: LIVIA MARIA GIORGIO
Gerência de arte: NAIR DE MEDEIROS BARBOSA
Supervisão de arte: VAGNER CASTRO DOS SANTOS
Diagramação e Capa: ESTÚDIO GRAAL
Impressão e Acabamento: GRÁFICA PAYM

Dados Internacionais de Catalogação na Publicação (CIP)
(Câmara Brasileira do Livro, SP, Brasil)

Martins, Eliana
Um e-mail em vermelho / Eliana Martins, Manuel Filho ; ilustrações César Landucci. — 3. ed. — São Paulo : Saraiva, 2009. — (Coleção Jabuti)

ISBN 978-85-02-08207-6

1. Literatura infantojuvenil I. Título. II. Série.

03-4016 CDD-028.5

Índices para catálogo sistemático:

1. Literatura infantojuvenil 028.5
2. Literatura infantil 028.5

9ª tiragem, 2016

Saraiva Educação Ltda.

Av. das Nações Unidas, 7.221 — 2º andar
CEP 05425-902 — São Paulo — SP

SAC 0800-0117875
De 2ª a 6ª, das 8h às 18hs
www.editorasaraiva.com.br/contato

200799.003.009

Para os Lendimuth,
meus amigos para sempre
Eliana Martins

Para minha família
Manuel Filho

PRIMEIRA PARTE

AVENTURAS E DESVENTURAS DE UM DUPLO SURFISTA: DO MAR E DA INTERNET

CAPÍTULO I

A CHEGADA DO MISTERIOSO E-MAIL

Fazia um frio exagerado naquele início de outono.

Alex chegou em casa parecendo um esquimó. Ligou o computador e acompanhou os números correndo velozmente na tela: contando memória, verificando conexões, atualizando programas. Deslizou o mouse e acessou a Internet.

Desde que tudo acontecera, o rapaz tentava esquecer os problemas trabalhando na rede. Adorava informática.

Sentia muita saudade. O sorriso bonito de Míriam estava sempre presente em sua memória. Mas precisava retomar sua vida, por mais difícil que fosse.

Tirou a jaqueta e sentou-se em frente ao micro. Sua caixa postal estava cheia, como sempre. Recebia propagandas, correntes, concursos e as piadinhas infames do amigo Fernando, como esta:

"Sabe o que um pernilongo disse para o outro?

— Hoje eu chupei sangue tipo A, AB e O, e você?

— Nenhum, porque meu banco de sangue ficou fora do ar o dia inteiro".

Alex deletou a piada e clicou um atalho que o levou direto para sua própria homepage. Tinha muito orgulho dela.

Olhou com carinho o link que estava criando e onde guardaria para sempre os inesquecíveis momentos que tivera com Míriam. Faltava pouco.

De repente, um som agudo avisou sobre a entrada de um novo e-mail. Alex clicou na mensagem. Ela trazia um anexo que piscava muito, chamando a atenção. O remetente não se identificava. Havia apenas uma assinatura — **Diabo**.

Curioso, Alex acionou o antivírus e verificou se o arquivo estava limpo. Clicou duas vezes sobre o clipe, abrindo-o. Espantou-se. Por alguns segundos a tela ficou totalmente negra. Então, começaram a surgir letras vermelhas, como que sujas de sangue. Um nome apareceu na tela — MÍRIAM.

Quem teria mandado aquela mensagem? Que brincadeira seria aquela?

Inesperadamente, o nome desapareceu, dando lugar a um arco-íris. No fim do desenho havia um pote de moedas de ouro girando. Clicou na imagem e as moedas começaram a inundar a tela, fazendo aparecer outra mensagem:

Quem tem **um tesouro** deve protegê-lo **muito bem**, antes que **algum pirata** o pegue.

Em seguida, todas as moedas voltaram para o pote e desapareceram, restando apenas a informação:

ESTA MENSAGEM ESTÁ SENDO DELETADA DE SEU SISTEMA.

Alex entrou em pânico e tentou, sem sucesso, salvar o e-mail.

Um arrepio de frio percorreu seu corpo quando percebeu que junto com o e-mail vermelho tinha ido embora tudo o que havia colocado em sua homepage.

Não podia ter perdido Míriam novamente.

O velho pescador olhava o mar, remendava a rede e contava histórias para os turistas. Mais um pouco e a noite chegaria.

Da ponta da praia vinha vindo uma moça. Como olhava para o mar, nem percebeu que Alex a observava por trás de um coqueiro.

Subitamente o mar encrespou, e uma onda abusada se atirou sobre a areia.

A moça levou um susto, agarrando-se ao tronco de um coqueiro.

Era só areia que voava. Ela escondeu os olhos com as mãos e só as tirou do rosto quando parou a ventania.

Em poucos segundos a fúria do mar também passou.

Recomeçando a andar, tão distraída estava a moça, que só se deu conta da presença de Alex quando tropeçou nele.

— Assustei você? — ele perguntou.

Ela balançou a cabeça em negativa.

— Você mora aqui perto? — perguntou Alex.

— Mais ou menos.

— Mais pra mais ou mais pra menos?

Ela sorriu e respondeu:

— Mais pra mais. É lá, olha, onde o coqueiral acaba.

— Você está indo pra casa agora?

— Hum hum.

— Posso ir com você? — Alex se ofereceu.

Como a resposta fosse outro hum-hum, o rapaz seguiu com ela a caminho de casa.

— E você, onde mora? — perguntou a moça.

— Vim da capital. Cheguei aqui ontem. Estou hospedado do outro lado do morro, numa casa, com uma turma de amigos. A gente veio surfar. Mas qual é o seu nome?

— Míriam — respondeu a moça.

— Míriam... Míriam... Taí, gostei. Combina com você. Eu sou o Alex.

— Alex de Alexandre?

— Não. Alex de Alex mesmo. Só Alex.

— Alex... Seu rosto daria uma boa escultura — disse Míriam.

— Por que diz isso? Por acaso você é escultora? — perguntou ele.

— Sou. Faço escultura em pedra. Quando vou esculpir um rosto, primeiro tateio todo ele para sentir seus contornos. Depois, desenho na pedra e começo a esculpir. É assim.

— Quem sabe você esculpe o meu — disse o rapaz.

Míriam sorriu e apertou o passo.

— Calma, parece que vai tirar o pai da forca! — brincou Alex.

— Já é tarde — disse a moça.

Alex acompanhou-a até o portão de uma pequena pousada. No corredor, estavam expostos muitos cestos de vime, vasos pintados à mão, potes de barro e outras peças.

— É aqui que moro. Meu pai é o dono da pousada e minha mãe é artesã. Foi com ela que aprendi a esculpir — disse Míriam, fazendo menção de entrar.

— Ei, Míriam! Quando podemos nos ver de novo? — perguntou Alex.

— Amanhã à tarde, talvez — respondeu ela.

Alex olhou para Míriam e para o mar. Não soube dizer, naquele momento, qual dos dois era mais bonito.

CAPÍTULO II

A PÁGINA PREMIADA

Fernando surgiu eufórico na casa de Alex no dia seguinte, e logo ficou sabendo pela mãe do amigo que ele não estava bem.

"Ele vai se alegrar rapidinho quando souber da notícia", pensou Fernando, dirigindo-se para o quarto do amigo.

— Alex, Alex, abre aí, garoto, tenho uma novidade incrível!

Com um "entre" muito desanimado, Alex o recebeu.

— Que cara é essa? — disse Fernando. — Você é o ganhador da PÁGINA DO MUNDO, garoto!

Esse era o nome de um concurso muito importante que escolhia as melhores homepages.

— Agora o planeta inteiro vai ficar conhecendo sua página! — continuou Fernando.

Alex nem se abalou. Parecia não ter escutado uma só palavra.

— Alex, o que é que há, garoto, não ouviu o que eu disse?

— Sumiu tudo. Tudo — respondeu ele, desanimado.

— Tudo o quê? — perguntou Fernando.

Alex desabafou. Fernando sabia que ele estava criando um link totalmente dedicado a Míriam. Toda a história desde que a conhecera: fotos, bilhetes e até mesmo o som da voz dela estavam na página. Uma imagem virtual que, de alguma forma, para ele parecia ter vida.

— ... Só que alguém entrou na minha página e apagou o link novo que eu estava preparando — completou Alex, deixando transparecer o desespero.

— Um hacker? — disse Fernando com uma ponta de raiva.

— Só pode ser. Recebi um e-mail esquisito, todo vermelho, assinado apenas "Diabo". Logo em seguida todo o conteúdo do site foi destruído.

— Mas que ousadia do sujeito! Invadir logo a página vencedora do concurso. Você tem certeza de que não sobrou nada lá, Alex?

— Não; veja você mesmo!

Fernando acessou a página do amigo. Parecia estar tudo bem na abertura do site: as cores vivas, os efeitos, os sons. Entretanto, ao clicar qualquer link, surgia uma indicação de que as páginas estavam vazias.

Decepcionado, o rapaz voltou-se para Alex e viu que ele acariciava um colar que trazia no pescoço.

— É, meu amigo, acho que você vai ter de começar tudo de novo.

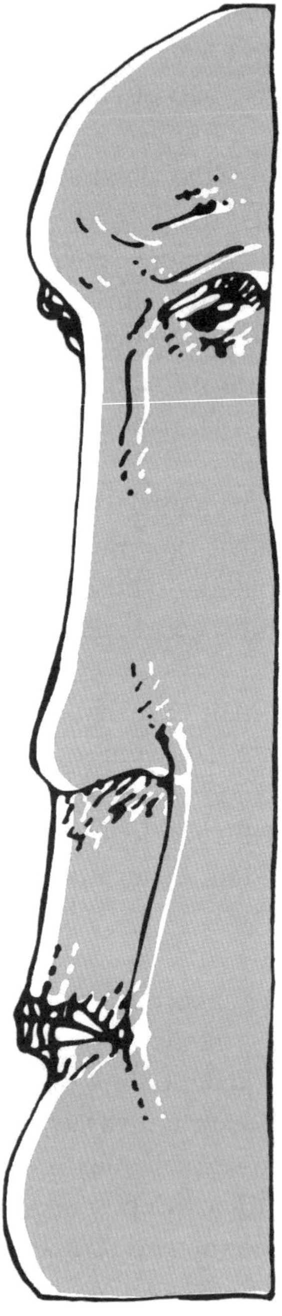

Alex ficou transtornado:

— Isso nunca! Levei um tempão pra reunir todas as lembranças da Míriam. Eu quero é achar esse sujeito, nem que leve o resto da vida!

— E o que você pretende fazer?

— Já fiz: estou tentando rastrear o cara. Entrei em contato com o meu servidor e mandei e-mails pra todos os meus parceiros. Vou traçar uma rede de busca e encontrar esse hacker!

— Não vale a pena, Alex. Existem mil maneiras de apagar os rastros na web.

— Eu quero a sua ajuda, não os seus conselhos — gritou Alex, nervoso.

— Calma, cara!

— Vá embora, Fernando. Eu tenho de trabalhar.

Fernando achou melhor fazer o que o amigo pedia. Sabia que era impossível conversar com ele quando ficava nervoso.

Alex nem percebeu quando Fernando bateu a porta, de tão entretido que estava no computador. A maioria dos seus colegas internautas já estava respondendo aos e-mails que mandara.

Nenhuma pista por enquanto. O hacker era muito esperto e não deixava mesmo rastros.

E se esperasse por um novo ataque?

Agora que sua página fora premiada, na certa seria mais visada.

Queria receber outra visita do Diabo. Talvez ele deixasse uma pista.

Tinha de haver um jeito.

Todas as recordações que haviam sobrado de Míriam não podiam simplesmente sumir assim, num buraco negro virtual.

Quando Alex voltou, na tarde seguinte, encontrou Míriam sentada na varanda, em meio às peças de artesanato, pensativa.

— Você pensa muito — disse ele, chegando por trás dela.

— Parece que gosta de me assustar — respondeu a moça, espantada.

— Em que pensava tão concentrada?

— Hum... Se você sabe dar nó de marinheiro.

— Nó de marinheiro?? Não, não sei. Mas, em compensação, sei fazer várias manobras com minha prancha sobre as ondas.

— Qualquer dia quero ver — disse Míriam, convidando Alex a entrar.

Já na enorme sala de estar da pousada, Alex pôde ver bustos, cabeças e pequenas esculturas de formas diversas, inclusive a de um cachorro.

— Tudo isso é você que faz, Míriam?

— Eu e minha mãe. As cabeças são minhas.

— E esse cachorrinho? — perguntou Alex.

— É a Banza. Meu pai achou ela largada num barco quando ainda cabia na palma da mão dele.

Os dois conversaram sobre mil coisas naquela tarde, que passou sem que percebessem.

— Míriam — disse Alex, já se despedindo —, eu não estava brincando quando disse que queria que você esculpisse o meu rosto.

— Se você voltar aqui amanhã, nesta mesma hora, posar pra mim em silêncio e sem mexer um fio de cabelo, eu começo a fazer — prometeu a moça.

Assim ficou combinado. Alex deixou a pousada e voltou para casa, caminhando pela praia.

Não tinha se afastado muito quando avistou Fernando.

— Até que enfim, cara! Por onde você andou?

— Conheci uma garota, Fernando.

— Ah... Logo vi que tinha rabo de saia na jogada. Que garota é essa? Você, hein, Alex, com essa cara de "tô pouco ligando"...

— Não é nada do que você está pensando — interrompeu Alex.

— Como é que você sabe o que eu estou pensando? Vai, conta logo que garota é essa!

— O nome dela é Míriam. O pai dela é dono da pousadinha que tem logo ali, na ponta do coqueiral. A mãe dela...

— Cara, que me interessa saber do pai dela, da mãe dela? Fala logo da gostosona!

— Vê como fala, Fernando!

— Tá bom, desculpe — disse o amigo.

— Ela é diferente — comentou Alex, empolgado. — Faz esculturas em pedra. Vai começar a esculpir o meu rosto amanhã.

— A garota te impressionou mesmo, hein, Alex.

— A Míriam é um sonho. Deu um nó de marinheiro na minha cabeça.

CAPÍTULO III

NOTÍCIAS DO DIABO

Alex mal pôde acreditar. Ao acessar sua página, meia hora depois, notou que o Diabo tinha voltado. No alto, havia uma animação, uma cena terrível: uma pessoa se afogava.

Nervoso, Alex acessou sua caixa postal, que indicava a presença de um novo e-mail:

> Bonitinha sua página, mas fácil de violar. Não valeu o prêmio.
> Diabo C:– ±

Era dele. Ali estava a chance de descobrir quem era, pensou Alex. Mas sua euforia durou pouco. O endereço enviado era público. Aliás, o Diabo devia ter vários endereços diferentes.

— Quem ele pensa que é? — disse Alex, enfurecido e desligando o computador.

Não havia nada que pudesse fazer para se proteger. Jamais iria conseguir, em qualquer servidor, dados pessoais sobre o Diabo.

O que intrigava Alex era como o Diabo conhecia tão bem a sua vida: sabia o nome de Míriam, conhecia sua homepage e estava informado sobre o prêmio. Sem falar na animação da pessoa se afogando.

Quem seria o Diabo? O que estaria querendo, afinal? E como fazer para descobrir sua identidade?

Fernando poderia ajudá-lo, com certeza.

Só nesse momento, Alex voltou a lembrar-se do amigo e de como o tratara mal. Precisava falar com ele.

Moravam próximos, eram amigos desde a infância.

Fernando era um ano mais velho, mas, às vezes, parecia ser muito mais jovem.

Como Alex, era doido por computadores. Com o correr do tempo, os dois amigos foram se transformando em *experts* no assunto. Decifravam códigos de jogos, criavam programas e passavam horas na Internet.

Alex subiu as escadas da casa de Fernando e entrou pela cozinha, onde encontrou a mãe do amigo. Fernando não estava, mas voltaria logo. Alex decidiu esperar.

Entrou no quarto do amigo ignorando a placa da porta, onde se lia: ACESSO NEGADO.

A bagunça era total.

Uma infinidade de revistas de informática e manuais misturava-se a guardanapos de papel, copinhos de lanchonete, envelopes de *ketchup* e mostarda.

A maioria dos manuais trazia marcas de dedos engordurados.

Livros velhos, empilhados em um canto do quarto, tinham virado uma espécie de cabide para roupas. No outro canto, a prancha de surfe, enrolada em um lençol branco, parecia um fantasma.

A mãe de Fernando nem ousava limpar o quarto dele, com medo de jogar fora alguma coisa que fosse importante para o filho. Como ele dizia, era uma bagunça organizada.

Alex sentou e ligou o micro. Pensou em fazer alguma brincadeira — talvez mudar a senha de acesso. Não seria difícil descobrir a senha de Fernando, conhecendo-o tão bem. Com certeza era o nome da banda de rock mais famosa do momento.

Na mosca: a senha era IMMORTAL SOULS, nome de uma superbanda de rock que Fernando curtia muito.

Os programas acabaram de ser carregados e a área

de trabalho estava ao seu dispor. Alex deslizou o mouse e entrou na Internet. Esperaria pelo amigo procurando notícias dos últimos acontecimentos do mundo da informática.

Comandou o sistema para visualizar os arquivos mais recentes. Lá estavam elas: notícias quentes. Passou os olhos pelos assuntos, fotos, reportagens e... Algo chamou sua atenção. Parecia um arquivo conhecido.

Correu os olhos para a data. Era recente. O nome do arquivo não era estranho. Temeu abrir, mas a curiosidade foi maior.

Com o fundo musical de um rock do IMMORTAL SOULS, Alex sonhou com tudo o que foi coisa naquela noite. Que era um cavalo-marinho carregando Míriam na garupa, que vendia sanduíche natural na praia e se apaixonara por uma sereia... Tanta besteira!

O fato é que ele queria mesmo que a noite passasse logo, amanhecesse o dia e viesse a tarde em que iria se encontrar com Míriam.

Quando chegou à pousada, a empregada disse que Míriam não estava.

— Como não está?! Eu combinei de vir me encontrar com ela aqui! — disse, desapontado.

— Calma, moço, ela já volta! Foi ali mesmo com o pai buscar um bloco de pedra.

Antes que a empregada acabasse de falar, Alex pôde ver Míriam chegando, ajudando o pai a empurrar um carrinho de pedreiro com um grande bloco de pedra dentro.

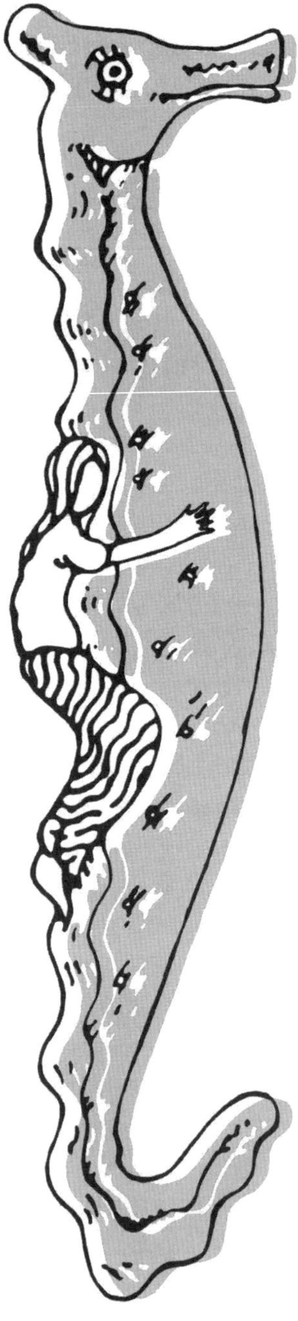

— Oi, Alex! Este é o meu pai.

Alberto olhou-o de cabo a rabo. O pai de Míriam era um homem simpático, mas de aspecto rude e sofrido. Se Míriam não o tivesse apresentado como pai, talvez Alex pensasse que Alberto fosse o avô da moça. Devia beirar os sessenta anos, mas aparentava bem mais. Diziam os nativos da cidade que ele guardava um segredo.

O pai de Míriam não nascera naquele lugar, mas vivia ali havia quase vinte anos. Chegara trazendo apenas uma sacola e algum dinheiro, e fora pedir pouso na pensão de quem, mais tarde, viria a ser seu sogro.

— É esse o amigo que vai se tornar imortal? — perguntou Alberto, cumprimentando Alex antes de se afastar para os fundos da casa.

— Que história é essa de imortal, Míriam?

— É que eu vou esculpir você neste bloco de pedra. Já pensou? Pedra é uma coisa

que dura a vida toda. Muito depois de você ter morrido sua estátua de pedra continuará existindo.

E assim foram os outros dias: pela manhã, praia e surfe com os amigos; à tarde, posar para Míriam, e à noite, uma curtição: os shows da rua da praia.

Nas horas em que ficava completamente imóvel, apenas ouvindo o martelinho dela delineando os seus traços na pedra, Alex começou a admitir que já amava aquela menina-sereia que o mar trouxera para ele.

Um sábado, depois do almoço, quando chegou para mais uma sessão de escultura, encontrou Míriam debruçada na janela — olhos no infinito.

— Que bicho te mordeu desta vez? — disse ele.

— Estava pensando o que vai ser das minhas tardes quando você for embora.

O coração de Alex apertou, quis sair pela boca.

— Você vai sentir a minha falta, Alex? — perguntou a moça.

Ele colocou a mão dela entre as suas.

— O que é que você acha, Míriam?

— Sei lá! — disse ela.

— Eu nem quero pensar no dia de ir embora. Adoro ficar com você, posar pra você, conversar com você. Tenho mais é que arranjar um jeito de isso tudo não acabar.

Míriam passou a mão no rosto dele, como tinha feito antes de começar a esculpir, murmurando um "Alex" cheio de ternura.

Um beijo apaixonado uniu os dois.

Ainda sob os efeitos do beijo, Míriam tirou do pescoço um pequeno colar; uma correntinha com um pingente verde, colocando-a no pescoço do rapaz.

— Ganhei de uma hóspede da pousada. Ela disse que era uma pedra verde de esperança. Fique com o colar. Pelo menos é uma forma de não se esquecer de mim ou de eu ficar perto de você — disse a moça, já voltando à sua postura de escultora e exigindo de Alex a retomada de posição.

Ele se sentou novamente no banquinho de madeira.

— Estou ficando satisfeita com você na pedra. Tenho que acabar tudo antes que vá embora.

— Já disse que não quero falar nisso, Míriam.

Irritado, Alex deixou novamente seu posto, indo até ela.

A moça o puxou para junto de si e fez um carinho no seu nariz.

— Sabe que esta é a primeira vez que você me faz um carinho, garota?

— Eu não estou fazendo carinho, estou só comparando se o nariz que esculpi está mesmo igual ao seu.

Caíram na gargalhada.

Míriam pediu a ele que voltasse a posar, mas Alex, contrariando-a, pegou a mochila, que sempre trazia, e tirou de dentro uma câmera.

— Antes de voltar ao trabalho, chefinha, vou tirar uma foto sua.

— Foto?? Mas que máquina fotográfica estranha é essa?

— É uma câmera digital. Está vendo este visor aqui? — ele explicou, aproximando-se dela. — Olha só, eu vou posicionar naquela janela. Viu? A janela aparece aqui no visor.

— Sim, a janela está no visor, e daí? — perguntou Míriam.

— Daí que agora, quando eu apertar este botão vermelho, a câmera vai gravar a imagem.

— E o filme, onde a gente põe?

Alex sorriu.

— Câmera digital não precisa de filme. Ela grava a imagem como uma filmadora, só que é digitalizada. Depois, você conecta a câmera no computador e descarrega as imagens nele.

Aquilo tudo parecia grego para Míriam, que não tirava os olhos de Alex.

— Quando você for lá em casa, eu te mostro como funciona a coisa — prometeu o rapaz.

— Meu pai tem computador aqui na pousada, mas eu não sei nem ligar — comentou Míriam.

— Em compensação, eu também não sei esculpir em pedra — disse Alex, aproveitando para tirar algumas fotos dela, de surpresa. — Sabe o que vou fazer com estas fotos, além de matar a saudade enquanto estiver longe? — perguntou o rapaz.

— Não — respondeu Míriam.

— Vou imortalizar você no computador. Esculpir a Míriam virtual. Então nós dois seremos imortais. Que tal?

As luzes das casinholas dos pescadores já começavam a se acender quando Alex voltou para casa.

CAPÍTULO IV

O DIABO GANHA UM ROSTO

Finalmente Alex conseguiu carregar o tal arquivo no computador de Fernando. Ficou olhando a tela sem entender nada.

A foto de Míriam estava ali, num arquivo do computador do amigo. Seria ele o tal Diabo?

Como podia ter feito uma coisa dessas? Seu melhor amigo!

— O que você está fazendo aí? — gritou Fernando, entrando bruscamente.

— Como foi que esta foto veio parar aqui, Fernando? — gritou Alex. — O Diabo é você?

— Que foto? Você é que está com o diabo no corpo. Eu, hein! — disse Fernando.

— Não se faça de idiota! Você sabe muito bem do que eu estou falando. Só eu tinha esta foto da

Míriam. Como ela veio parar aqui? — continuou Alex, gritando.

— Já disse que não sei do que você está falando — respondeu o amigo.

— Não?! Então vem até aqui que eu te mostro.

Fernando aproximou-se do computador e deu de cara com a foto de Míriam na tela.

— Como é que você explica isso? — gritou Alex.

— Ah, já sei! — disse Fernando sem se espantar —, posso explicar, se você parar de gritar. Essa foto não tem nada a ver com o tal hacker que deletou suas páginas da Internet, Alex. Você, por acaso, já tinha posto essa foto no link roubado?

— Não, mas tudo o que se relaciona com a Míriam é meu, só meu, entendeu? Você não tem o direito de pôr o dedo nas minhas coisas! — gritou Alex, que suava de nervoso. Descontrolado, empurrou o amigo contra a mesa do computador.

Espantado, Fernando desligou o micro.

— Você entra no meu quarto, liga o meu computador, descobre a senha e ainda quer me bater! É muita cara de pau, não acha? Quer saber de uma coisa, Alex, se acha que eu sou o Diabo, que ache. Dane-se.

— Foi você, não foi? Você é o Diabo? Responda! — insistiu Alex, agarrando o amigo pelo casaco.

— Não enche, cara! Você já passou dos limites com essa história! — gritou Fernando, desvencilhando-se do outro. — Saia do meu quarto já!

Arrasado, Alex foi embora batendo a porta.

Fernando foi tomado por uma tristeza incrível. Como o amigo podia desconfiar dele daquela maneira?

A caminho de casa, só uma dúvida povoava o pensamento de Alex: será que Fernando também gostava de Míriam?

Alex nunca tivera férias assim: mar, sol, estrelas e amor. Míriam era tudo isso junto.

Enquanto andava, percebeu que o vento começava a levantar a areia. Era estranho; o dia tinha sido tão agradável.

Apressou o passo e então ouviu uns ruídos esquisitos; pareciam gemidos.

Arrepiou-se. Bem que a mãe de Míriam tinha mandado ele ir embora antes de escurecer.

Os ruídos-gemidos ficaram mais altos. Alex viu um homem saindo do mar e decidiu se informar.

— Desculpe, mas estou ouvindo uns gemidos estranhos. O senhor, que veio do mar, não viu nada?

O pescador, que carregava uma sacola cheia de siris, respondeu com um sorriso:

— Né nada, não, moço, só o pessoal na pesca do aratu nas pedras.

— Aratu? O que é isso? — perguntou Alex, curioso.

— É um siri pequeno e gostoso que só se consegue pegá cum tocha e cantoria — explicou o homem. — O aratu é um bicho dengoso. Tem que tê paciência pra pegá. Tem que enchê um pedaço de bambu cum resina e tocá fogo. Quando o aratu vê a luz e começa a ouvi o canto, fica encantado e nem se mexe.

— E só pode pescar aratu de noite? — perguntou Alex.

— Ói, moço, comé que o aratu vai se encantá com a tocha se for de dia e tivé sol?

Alex riu da própria ignorância. Agradeceu ao homem e seguiu para casa, pensando na sua pergunta cretina.

Fernando e a turma estavam na varanda da casa esperando por ele.

— Lá vem o Don Juan apaixonado — brincou o amigo.

— Gente, vocês não sabem quantas histórias tem por aqui — disse Alex, empolgado. — Acabei de ver a pesca do aratu, que é...

Fernando não o deixou terminar.

— Espera aí, tá certo que tem a Míriam, tem o aratu, tem o urubu, o pirarucu, o seu... Deixa pra lá... Mas a gente tava preocupado, viu, Alex. Você sumiu, garoto! Está dando direto na televisão que vem vindo o Sudoeste.

— Sudoeste?— espantou-se Alex.

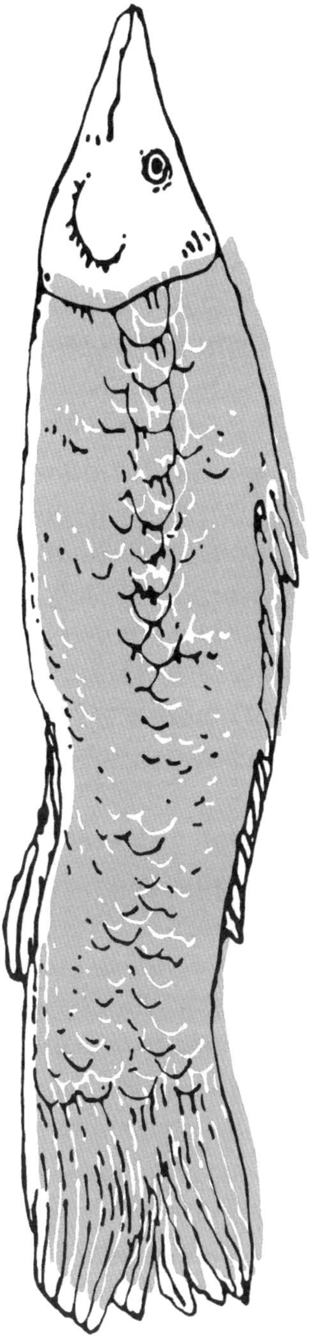

— É. Ouvi dizer que é um supervento que vem com chuva e derruba até poste de luz — disse Fernando.

— Dizem as lendas que, certa vez, quando o Sudoeste chegou trazendo as chuvas, o mar ficou tão bravo, mas tão bravo que quando a chuva foi embora e o vento passou, o mar continuou bufando por muitos séculos.

— Que lendas idiotas são essas, Fernando? — perguntou Alex, rindo.

— Mentirinha, piadinha de mau gosto, neném! — brincou o amigo. — Mas tem lenda verdadeira que nem a do "encantado".

O grupo se juntou para ouvir Fernando contar.

— Dizem que em dia de Sudoeste ninguém deve entrar no mar, sob o risco de ficar "encantado".

— E que diabo é ficar "encantado"? — perguntou Alex.

— Quando o Sudoeste vem e vê uma pessoa no mar, leva embora. Só depois de muito tempo, devolve a pessoa "encantada", ou seja, transformada em outra coisa. Pode voltar como animal, rocha, recife de coral, vitória-régia etc. E os que são muito teimosos voltam como água-viva, cobra-d'água e até como cocô de tubarão ou baleia. Aquele cocozão enorme — terminou Fernando, sob os risos do pessoal.

— Ah, cala a boca, Fernando. Você só sabe falar besteira. Ainda bem que é só papo. Justo agora que eu combinei um passeio de barco com a Míriam, tem de vir esse Sudoeste?

Fernando se arrepiou:

— Você vai passear de barco com a gostosa agora de noite? — perguntou ele.

— Claro que não, né, Fernando. Vamos amanhã à tarde.

— Ah, bom! Quem sabe até amanhã à tarde a coisa já melhorou — disse o amigo. — A Míriam tem lancha, é? — perguntou, curioso.

— Não, é um barco a motor. Aliás, o pai dela tem vários barcos na pousada. Mas a Míriam disse que o melhor é o Flecha de Prata.

— Tchutchururu... Flecha de Prata... — debochou Fernando. — Foi com essa flecha que a Míriam caçou você?

Finalmente a turma se aquietou. Alex deitou na rede, pendurada na varanda, e fechou os olhos. Imaginou-se com Míriam no barco. Só os dois, no "Flecha de Prata, rasgando o oceano".

CAPÍTULO V

O HOMEM INVISÍVEL

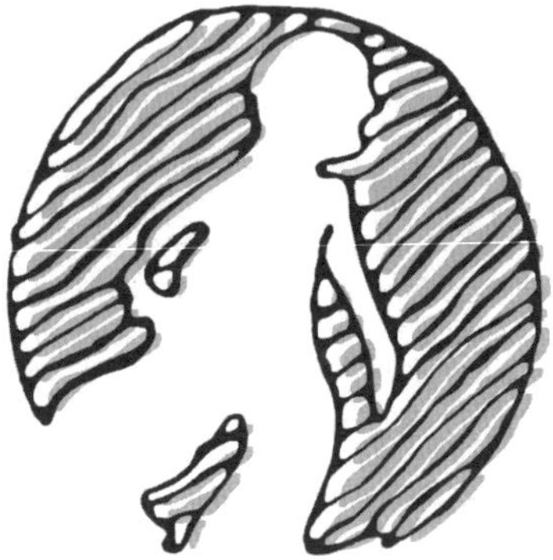

— Não, Alex, nenhuma notícia ainda! — o rapaz ouviu o pai de Míriam dizer ao telefone.

A voz de Alberto soava cansada e triste. Sempre que o telefone tocava esperavam que fosse qualquer notícia da filha.

— Vamos encontrá-la, seu Alberto, pode acreditar — disse Alex, despedindo-se e tentando confortar o homem.

Aprendera a gostar de todos eles. Eram pessoas simples e hospitaleiras.

Para não pensar mais naquilo, Alex resolveu colocar em ordem as coisas que se acumulavam em sua mesa havia tempo.

— Amigos, ainda? — soou uma voz familiar na porta de seu quarto.

Era Fernando.

— O que você quer aqui? — disse Alex rispidamente.

O outro não se abalou.

— Calma, eu só quero falar com você um minuto.

Alex se achava com todas as razões do mundo para odiar Fernando, mas não conseguia. Eram muitos anos de amizade.

— Eu preciso explicar umas coisas pra você, Alex. Não saio daqui enquanto não me ouvir.

— Não quero ouvir nada. O que você fez não tem perdão.

— Caramba, Alex, me dá uma chance de explicar! Eu não teria vindo até aqui se não tivesse tanta consideração e respeito por você.

Impassível, Alex sentou-se em frente ao computador.

— Fala logo que não achei meu tempo no lixo!

Fernando caminhou até o computador.

— Me deixa sentar aí — pediu.

— O que você vai fazer?

— Te mostrar uma coisa.

Alex deu o lugar ao amigo.

Fernando fez deslizar o mouse, clicou em alguns arquivos e pastas se abriram.

— Está aqui. Foi isto que "roubou" a foto da Míriam do seu computador.

Alex olhou para a tela e viu um programa que não conhecia. Nunca havia instalado aquilo em seu computador.

— O que é isso? — quis saber.

— É um programa que eu inventei. Novinho! Seu micro foi meu primeiro teste. Agora, se soubesse que ia ficar tão nervoso, tinha feito o teste com outro micro — disse Fernando.

Alex esboçou um sorriso.

— Como esse programa veio parar aqui? — perguntou ele, curioso.

— Lembra de uma piadinha que eu te mandei? — quis saber Fernando.

Alex puxou pela memória, mas eram tantas as piadinhas.

— Não. Que piadinha?

— Aquela do pernilongo que não conseguiu chupar sangue.

— Sei, o que é que tem?

— Pois é — continuou Fernando —, junto com aquele arquivo eu mandei um anexo invisível. Sabia que se passasse pelo seu micro eu teria tido sucesso.

— Não entendi nada! — resmungou Alex.

Fernando voltou à explicação:

— Passei os últimos meses tentando criar um novo programa. Algo especial, que conseguisse despistar qualquer proteção ou antivírus existente. Um programa que eu pudesse controlar à distância. Seu micro é superprotegido, Alex. Se meu programa entrasse aqui e fizesse o que eu mandasse, então teria dado certo.

— Pelo jeito, deu — disse Alex. — E o que é que o tal anexo invisível faz?

— Chegamos onde eu queria — disse Fernando, ajeitando-se na cadeira. — Este programinha, que eu resolvi chamar de "Homem Invisível", não faz nenhum estrago, só que... tchan tchan tchan tchan... Pega arquivos do seu micro e manda pro meu, sempre que você acessar a Internet, usando a sua conexão como "meio de transporte". Faz tudo isso sem você perceber.

— Mas isso é um vírus! — disse Alex, espantado.

Fernando rebateu:

— Não é um vírus. Ele não destrói, não apaga nem danifica nada. Apenas manda informações de um micro para o outro. Pode ser útil, conforme a situação. Só tem um probleminha que eu ainda não consegui resolver.

— Qual? — perguntou Alex.

— O Homem Invisível pega todos os arquivos que encontrar nos diretórios das pessoas. Não consegue pegar nada específico. Foi por isso que eu recebi aquela foto da Míriam e deu todo esse rolo — explicou o amigo.

— Mas então você roubou mesmo a foto! — concluiu Alex.

— Tá bom, eu concordo — disse Fernando, sem gra-

ça. — Peguei o arquivo com a foto, mas foi sem querer. Eu só estava testando...

— Esse seu programa é muito perigoso, Fernando. Pode causar sérios problemas.

— Eu sei. Já percebi! — disse o outro.

— De qualquer forma, desculpe pela grosseria — disse Alex, aproximando-se do amigo —, mas você sabe que foi fundo na minha ferida.

Abraçaram-se.

— O que mais você roubou de mim, hein, seu cretino? — perguntou Alex, sorrindo.

— Além daquela foto e das imagens da praia, nas férias, recebi também aquele conto de terror, superidiota, que você começou a escrever no ano passado. Só abobrinha. Olha, garoto, eu vim aqui hoje pra te explicar tudo e também pra deletar o Homem Invisível do seu winchester. Aliás, é o que eu vou fazer já.

Mas quando Fernando ia acionar o mouse para deletar o programa, Alex segurou sua mão.

— Deixe esse Homem Invisível aí, Fernando!

— Ué, tanto espalhafato... O que você está ruminando, Alex?

— Tive uma ideia que pode dar certo.

— Que ideia?

— Posso responder ao e-mail que o Diabo me mandou e...

Antes de Alex completar seu pensamento, Fernando gritou:

— Claro, caramba! Que demais! É isso mesmo! Você manda a resposta junto com o Homem Invisível. Sua ideia é um *must*! Parece até com as minhas.

Alex sorriu.

— Você tem certeza de que o Diabo não vai ter como saber que seu programa está entrando no micro dele, Fernando?

— Absoluta, Alex. Você, por acaso, percebeu?

Fernando tinha razão. Precisavam tentar.

— Então, mãos à obra — disse Alex. — O Diabo quer uma resposta.

Acessaram a Internet e a caixa postal. Lá estava o e-mail.

— O que você quer dizer pra ele? — perguntou Fernando.

— Sei lá, não pensei nisso. Só quero mandar o Homem Invisível.

— Podemos mandar uma das minhas piadinhas! — sugeriu o amigo.

— Não, isso não. O Diabo é irônico, e eu quero responder à altura. Já sei o que escrever. Vou entrar no jogo dele.

E rapidamente Alex digitou:

> Você é só um demoniozinho cretino. Não passa de um hacker barato.
> Alex

— Grande Alex! — vibrou Fernando. — O Diabo vai ficar louco quando ler isso!

— É o que eu espero; que ele fique louco da vida — disse Alex. — Ainda não sei bem o que ele quer, mas vou descobrir. Deve haver alguma coisa por trás disso.

Fernando concordou.

Alex anexou o programa na mensagem, de forma que o destinatário não percebesse. Só faltava enviar o e-mail; deslizou o mouse, clicou no ícone "enviar" e viu a mensagem sumir da tela. Pronto. Estava feito. Agora era só esperar.

3

Às três horas da tarde, pontualmente, Alex chegou à pousada.

A mãe de Míriam tinha preparado um lanche para eles levarem.

Hermínia era uma mulher bonita e bem mais nova que o marido. Quando Alberto chegara na cidade, ela ajudava os pais na pensão que tinham, servindo as mesas, e, nas horas vagas, fazia esculturas em madeira e pedra, como Míriam. O estranho forasteiro em pouco tempo se apaixonara por ela. Alberto era, já naquela época, um homem maduro, e fora justamente seu jeito calmo de falar e seu conhecimento da vida que atraíram Hermínia. Em pouco menos de dois anos os dois se casaram. E, para selar de vez a união feliz, chegou Míriam, a menina dos olhos de Alberto e Hermínia. Pelas mãos de Alberto, acostumado ao trabalho duro, a pensão do sogro transformou-se em pousada.

Depois de pegarem a cesta com o lanche, e debaixo de vários "não venham tarde", "tomem cuidado", "se ventar, voltem", Alex e Míriam foram ao encontro do mar.

— Míriam, sabe em que eu vinha pensando no caminho?

— Hum hum — respondeu ela, em negativa.

— Que eu não faço a mínima ideia de como se dirige um barco a motor.

— Ah, é fácil. Eu explico pra você.

— Você sabe? — perguntou o rapaz.

— Sei. Senão não tinha te convidado. Meu pai me ensinou. Ele às vezes me deixa dirigir quando saímos pra pescar.

— Não sabia dessa sua outra faceta de pescadora. Já pescou aratu? — quis saber Alex.

— O que você sabe sobre aratus? — perguntou Míriam, espantada.

Alex deu risada.

— Não sei nada. Só vi as pessoas pescando ontem, quando voltava pra casa. Mas tem uma coisa que eu sei fazer muito bem — disse ele.

— O que é?

Se houvesse público no posto salva-vidas, na certa teria aplaudido o beijo que Alex deu em Míriam, selando aquela declaração repentina e respondendo à pergunta dela.

O Flecha de Prata zarpou.

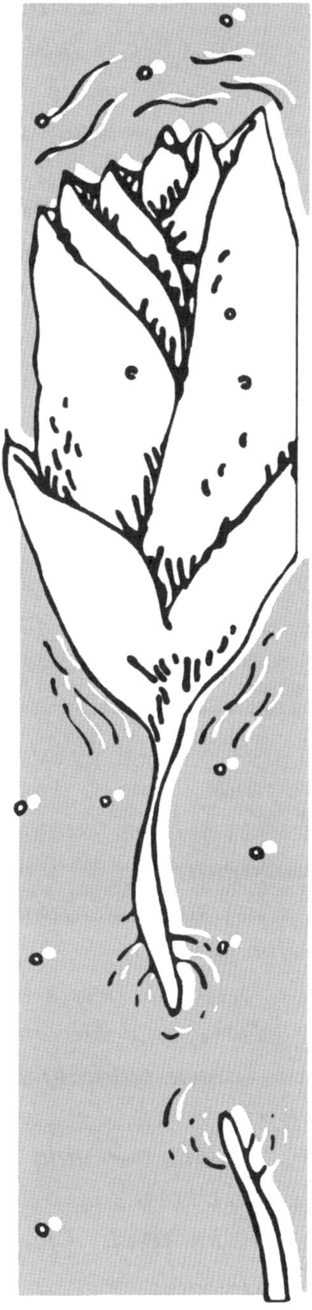

Os dois beberam água-de-coco, viram cardumes de pequenos peixes nadando em comboio e, como o sol estava muito quente, desligaram o motor do barco. Alex mergulhou, nadou e pegou para Míriam uma flor que boiava na água.

A felicidade era tanta que nem perceberam quando a brisa da tarde se tornou vento. Era hora de voltar.

Alex, que se familiarizara depressa com o leme do barco, fez meia-volta.

— Este nosso passeio foi demais, Míriam. Quando podemos fazer outro? — perguntou ele, entusiasmado.

— Antes de você ir embora a gente volta pro mar. Agora vamos, que estou sentindo um mau presságio — disse a moça.

— Bobagem, confie no seu marujo aqui. Tá comigo, tá com Deus — brincou Alex.

O vento virou ventania. Seria o Sudoeste voltando? Tinha dado na TV; Fernando avisara.

Os olhos de Míriam seguiam todos os movimentos do mar.

O céu ficou plúmbeo. Nuvens negras começaram a se juntar.

As ondas passaram a quebrar com violência. O barco balançava.

"Será que o sonho vai virar pesadelo?!", pensou Alex.

De repente, Míriam gritou:

— Alex, cuidado! Um recife! Cuidado... Vai bater... É um recife!...

Ao longe — tudo era ao longe — Alex sentia seu corpo tremer com o vento da madrugada.

Voltou os olhos para o lado e só viu as choupanas dos pescadores.

Alex enxugou a testa, atordoado. Estava deitado na areia. Como teria ido parar ali? Onde estava Míriam?

Só se lembrava do vento e do recife. O barco tinha batido no recife, jogando-os na água. Nada mais.

Tinha de fazer alguma coisa. Avisar os pais de Míriam, procurar a polícia, o corpo de bombeiros, o salva-vidas... Onde estava ela?

Trôpego, levantou, cruzou a praia e caminhou até a rua. Avistou um boteco que ainda estava aberto, ou tinha acabado de abrir. Entrou.

— Que qui é, minino, num devia tá durmindo? — perguntou o balconista.

— O barco... Bateu no recife. O Sudoeste... Jogou o barco. Minha garota... Ela sumiu. Me ajuda... — sussurrou Alex.

Outro dia amanhecia.

CAIU NA REDE, É PEIXE!

Na torcida para que o Diabo caísse na rede, ou seja, não percebesse o Homem Invisível e mandasse outro e-mail, Fernando foi para casa e Alex voltou às suas arrumações.

Estava feliz por ter se entendido com o amigo.

A possibilidade de descobrir quem era o Diabo deu a Alex um ânimo tão grande, que ele até recomeçou a juntar o material que restara para refazer o site de Míriam. Ela merecia. Seria impossível, porém, recuperar tudo que colocara na rede antes de encontrar o Diabo. Tinha cometido um erro primário: ao descarregar as fotos da câmera digital no micro, esquecera de fazer um backup. Nunca lhe passara pela cabeça que alguém fosse roubar suas páginas.

Mas Míriam estava viva. Em algum lugar, estava viva.

Alex tinha certeza disso. Segurando a câmera, jurou que ainda iria tirar muitas fotos da garota.

PLIM!, fez o computador, tirando Alex de seus devaneios. Um novo e-mail chegara. Tinha de ser do Diabo! Alex largou a câmera e correu para o micro. Tocou no mouse. Abriu o *browser*. A nova mensagem estava lá. Correu os olhos para o remetente. Era mesmo dele. Teria caído na armadilha?

Alex não cabia em si de ansiedade. Abriu o e-mail e leu:

> Adorei sua mensagem malcriada. Como prêmio, logo te mando para um lugar bem quentinho: os quintos dos infernos. Há, Há, Há!
> Diabo C:– ±

Mas o e-mail não era a preocupação de Alex. O que queria era saber se o Homem Invisível tinha roubado alguma coisa do micro do Diabo.

Ligou para o Fernando:

— O Diabo respondeu o meu e-mail — comunicou Alex —, e tem um arquivo anexado nele.

Não deu cinco minutos, Fernando apareceu na casa do amigo:

— Cadê, cadê o e-mail do palhaço? — bufou ele, cansado de pedalar sua bicicleta.

— Está aí na tela. É todo seu — disse Alex.

— Ele caiu! — gritou Fernando. — Caiu na rede feito peixe. Não detectou o Homem Invisível.

— Você tem certeza? — perguntou Alex.

— Lógico, está aqui a prova: este arquivo anexado à mensagem — mostrou Fernando. — Você é um gênio, Alex. Essa sua ideia de pegar arquivos do Diabo com o Homem Invisível foi dez.

— Agradeço o elogio, mas se fosse gênio tinha feito um backup de todo o meu material.

— Agora Inês é morta. Abre logo esse arquivo e vamos ver o que veio — pediu Fernando.

Alex clicou, e um outro aplicativo mostrou o conteúdo.

Era estranho. Parecia não ter sentido. Só números. Números e mais números.

— Mas que droga é essa? Só tem número. Parece cartela de bingo. Acho que o Diabo é viciado em bingo — brincou Fernando.

— Veja, aqui tem um C, e mais outro e mais outro — descobriu Alex. — Tem um monte de F também. O que será isto?

Nada fazia sentido. Não pareciam comandos de programação.

Alex abriu outro arquivo e viu que a sequência se repetia. Vários cês e efes e números. Era só.

— Pra que será que serve isso, Alex?

— Não sei, mas vou descobrir — respondeu o amigo.

— Vamos pra minha casa. Quem sabe nos meus livros encontramos alguma pista — disse Fernando.

— Boa ideia. Mas primeiro vou fazer uma cópia disso tudo em disquete — disse Alex, decidido.

— Vai ser preciso muita paciência, viu, Alex — disse Fernando ao amigo, já em seu quarto. — Tenho livro de informática pra caramba, você sabe. Mas, enquanto a gente tenta descobrir o que são aqueles números e letras, quem sabe o chifrudo manda algo mais interessante?

— Que chifrudo? — perguntou Alex, distraído.

— Eu é que não sou. O Diabo, né, Alex? Acorda! — brincou o outro.

Anoiteceu, e nada nos livros. Nem cê nem efe que esclarecessem alguma coisa.

— Vou embora, Fernando. Tenho prova amanhã e não estudei nada.

— Tudo bem, pode ir. Eu vou tomar uma ducha pra ver se minhas ideias refrescam e continuar procurando. Se encontrar alguma coisa, te ligo. E se o Diabo mandar outro e-mail pra você, me avise.

Alex saiu. Ventava na rua. "Que incrível esse clima; há tão pouco tempo o calor era insuportável, e agora este frio...", pensou.

Pedalando contra o vento, recordou novamente o acidente.

Naquela tarde, quando ele e Míriam tinham ido para a praia pegar o barco, na porta do posto salva-vidas os termômetros marcavam a temperatura.

"A escala de temperatura no Brasil era Celsius ou Fahrenheit?", Alex lembrou-se de ter perguntado naquele dia, pois fazia confusão.

"Celsius ou Fahrenheit? C ou F?!", foi como se uma luz se acendesse na cabeça dele.

— É isso! Só pode ser isso! O arquivo do Diabo se refere a medidas de temperatura! — descobriu.

Alex brecou a bicicleta com tal força que ela derrapou no chão úmido de garoa, virando para o lado contrário.

Era isso mesmo que ele queria: voltar para a casa de Fernando.

O corpo suado de Alex reclamava contra o lençol, contra o pijama. A cama parecia estar grudada nele.

Num desespero incontido, arrancou a parte de cima do pijama e foi para fora deitar na rede.

A noite não tinha estrelas. Só a escuridão envolvia tudo.

O mormaço e o abandono esmagavam seu peito.

Não havia ondas no mar, nem lembranças em sua mente. O que teria acontecido naquela tarde? O grito de Míriam... "Cuidado, vai bater!" era só o que ele lembrava.

Alex empurrava a rede apoiando o pé na parede. Procurava nesse embalo adormecer de novo, esquecer a tristeza que o cercava.

Outras noites se seguiram sem que estrelas aparecessem.

E se Míriam estivesse perdida em algum lugar? Ferida, com medo... Talvez tentasse fugir, então uma sirene apitaria e cães raivosos seriam soltos para seguir-lhe o rastro. Fuzis cuspiriam fogo. Míriam rastejaria no meio da lama...

— Não... Míriam, não!!! Corre, Míriam, foge!! — gritou Alex, molhado de suor.

— Ajuda aqui, pessoal, o Alex está tendo um pesadelo! — gritou Fernando. — Calma, Alex, está tudo bem.

Fernando secou a testa do amigo.

— Alguma notícia dela? — perguntou Alex, assustado.

— Nenhuma. Os bombeiros vão reiniciar as buscas agora cedo.

— Faz cinco dias, Fernando.

— É, mas hoje parece que vem um helicóptero da guarda costeira pra ajudar nas buscas. Eles vão encontrar a Míriam, você vai ver. Afinal, ela tem de entregar a sua escultura pronta antes de a gente ir embora, né, garoto?

As brincadeiras que Fernando fazia para alegrar Alex não surtiam o menor efeito.

Ir embora, como era possível? Por seus pais, ele já teria ido desde o dia do acidente.

Não tinha mais voltado à pousada, mas os pais de Míriam tinham vindo vê-lo. Não o culpavam.

Angustiado, Alex caminhou até a praia e sentou-se na areia.

A correntinha com a pedra verde refletiu ao sol.

"É pedra verde de esperança", tinha dito Míriam.

Dias depois, parado naquele mesmo lugar, ele olhou para o pulso, onde o relógio marcava duas horas da tarde. Tudo já estava arrumado no carro: malas, pranchas, pequenas lembranças que haviam comprado. Só a escultura de Alex não estava ali. Nem Míriam para se despedir.

A vida esperava por ele.

Alex sentia que Míriam também o esperava. Mas onde?

Os bombeiros haviam suspendido as buscas temporariamente. A polícia prometera continuar averiguando. Mas as esperanças se esgotavam.

Foram embora. Nem um sopro de vento agitava o mar.

Alex tentava afastar a tristeza. Voltava para casa como que embriagado. Nem mesmo o ruído das buzinas dos automóveis o despertava para a realidade.

Da serra Alex enxergou o mar rebentando-se em espumas. Seus olhos molhados de lágrimas se esconderam debaixo dos óculos escuros. Pegou no sono.

Ao acordar, espantado, viu o carro de Fernando parar no portão de sua casa. Nem sentira a viagem.

Entrou e foi direto para o seu quarto. Arrastou uma cadeira e sentou-se, amolecido.

Sua mãe chamou-o à realidade:

— Alex, venha, meu filho, preparei um lanche para você.

O rapaz levantou e alisou o rosto — barba por fazer.

Desceu a mão pelo peito e apertou o colar.

CAPÍTULO VII

QUEM RI POR ÚLTIMO...

— Fernando, Fernando, abre aí — gritou Alex, esmurrando a porta do banheiro — eu já sei o que é. Abre logo!

Fernando abriu a porta e apareceu todo molhado.

— Escuta, meu filho, não dá pra esperar nem eu acabar de tomar banho, é? O que é que você já sabe que é tão urgente?

— Eu já sei o que são aqueles cês e efes — continuou Alex, entusiasmado.

Fernando se enrolou na toalha.

— Você já sabe o que é?! — perguntou ele, espantado.

— Sei: é Celsius e Fahrenheit. Os graus, sabe? As medidas de temperatura — respondeu Alex.

— Eu sei o que são Celsius e Fahrenheit. Quando a gente abre o site de surfe pra ver se tem onda, também dá pra ver essas medidas. Sua ideia até que faz sentido — continuou Fernando, já colocando uma roupa. — Vamos reabrir o caso.

Os dois amigos pegaram novamente os arquivos e verificaram que estavam corretos. Os dados na tabela indicavam as equivalências entre os graus Celsius e Fahrenheit.

— Na mosca — exultou Fernando. — Olha, Alex, você só não é igual ao Einstein porque é mais feio que ele, viu — brincou. — Mas... Pra que será que o Diabo usa esses dados?

— Eu não sei, mas partindo-se do pressuposto de que o Diabo gosta de brincar com temperatura, resta-nos pesquisar quem costuma lidar com esses dados — respondeu Alex.

— Hum, que coisinha afetada — brincou Fernando. — Só porque eu quase te chamei de Einstein? Pior é que mais uma vez você tem razão. Que eu saiba, quem lida com temperatura são os químicos, engenheiros, meteorologistas, aviadores... Quem mais?

— Programadores que precisem desses dados. Nosso Diabo pode estar preparando um programa assim — disse Alex.

— É mesmo, cara! — concordou Fernando. — A gente está no caminho certo. Afinal, ninguém iria guardar tantos dados desse tipo à toa. Mas vamos ver se o Homem Invisível manda mais alguma novidade.

— Tudo bem. Então vou para casa — disse Alex. — Quem sabe chegou mais um e-mail. Tchau, Fernando.

Nos dias que se seguiram Alex consultou seus e-mails freneticamente. Acessava o correio eletrônico sempre com o coração na mão, à cata de novas informações do Homem Invisível.

Nada, porém, acontecia. Nenhum e-mail diferente chegava. Parecia que o Diabo tinha se cansado da rede.

Mas, naquela manhã, enquanto Alex tomava seu café, grudado no computador, percebeu que novos e-mails haviam chegado. Quando o rapaz abriu a caixa postal, lá estavam dez novas mensagens.

— Anda logo, começa a abrir! — gritou Fernando, que acabara de chegar.

— Que susto! — exclamou Alex. — Quer uma torrada?

— Que torrada, que nada, garoto, quero é saber o que dizem todos esses e-mails. Vai, abre logo aí, Alex! — explodiu Fernando, eufórico.

Alex clicou o primeiro e novamente surgiram os gráficos anteriores — as temperaturas.

— Que droga! — reclamou Fernando.

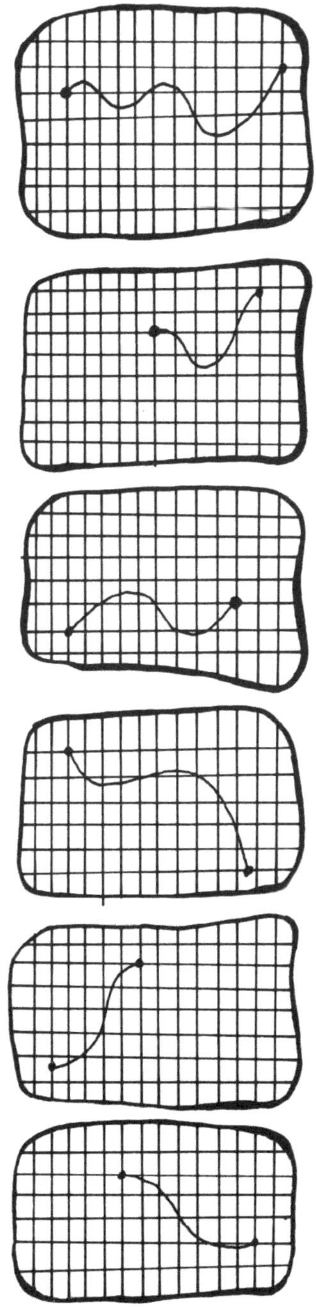

— Calma — disse Alex, enquanto clicava na segunda mensagem.

Novamente os gráficos... E assim sucessivamente até a sétima.

— Será que não tem mais nada no micro desse cara? — gritou Fernando, impaciente. — Quem ele pensa que é, o Homem do Tempo?

Alex clicou no oitavo arquivo e dessa vez veio algo diferente.

— Que estranho, isso parece uma imagem de satélite — comentou, clicando rapidamente no nono arquivo. Talvez um completasse o outro.

Mas o arquivo só trazia uma lista com vários nomes.

Os dois amigos ficaram um bom tempo analisando os nomes até descobrirem que eram nomes de navios.

— Abre o último, Alex — pediu Fernando.

Alex abriu e ficou boquiaberto.

— Que droga; o que será isto, agora?!

Um mês já se passara desde o acidente com o barco.

As buscas haviam cessado completamente. Era o que Alberto tinha dito na última vez que falara com Alex ao telefone.

A cidade, com certeza, retomara seu dia a dia normal.

Talvez até o velho pescador contador de histórias já tivesse acrescentado ao seu repertório a história do sumiço de Míriam.

"O povo tem memória curta, minino. Daqui a pouco ninguém num lembra mais do causo", tinha dito um vendedor de caranguejos, numa das tantas vezes em que Alex rondara as praias perguntando por Míriam.

As noites tornaram-se mais longas. As horas sem sentido se resumiam em um tempo que não passava. Nem ajudar a polícia a procurar por ela Alex podia, pois não se lembrava de nenhum detalhe do acidente.

Mas o Cássio, o Ferrugem, o Felipão, sua turma da escola; a Angélica, a Stela, a Paulinha, vizinhas da rua; o Venê e o Braz, colegas do inglês; e, é claro, o incansável Fernando continuavam se revezando para distrair Alex.

Então, como diz o ditado "Água mole em pedra dura tanto bate até que fura", todo aquele empenho e amizade do pessoal podem não ter trazido Míriam de volta, mas empurraram Alex: seu coração deu um solavanco, endireitou-se e prosseguiu.

Alex lembrou-se do projeto de criar a Míriam virtual. "Como não me lembrei disso antes?!", pensou.

As aulas tinham terminado mais cedo. "Que bom!", animou-se Alex. Poderia trabalhar na página de Míriam.

A VIDA POR UM FIO

A estrada que levava para o litoral sempre fascinara Alex.

— Vê se acha alguma música que presta no meio desse monte de chiado! — pediu Fernando, atento ao volante.

Alex procurou uma estação de rádio que sintonizasse bem.

— Pronto. Foi só você falar, e não só peguei uma rádio legal, como está tocando o grupo da sua senha — ele brincou, ao sintonizar o último sucesso do IMMORTAL SOULS.

— A minha senha não é mais essa, errrrr... — brincou Fernando.

Estavam voltando ao lugar onde tantas coisas tinham acontecido: a Praia do Sossego. E tudo por culpa do décimo arquivo do Diabo.

Fernando e Alex já estavam desanimando quando abriram aquela décima mensagem do Homem Invisível. Sabiam que tinham pouco tempo. O Diabo poderia desaparecer a qualquer momento se descobrisse o programa. Mas, quando abriram aquele arquivo, pronto; lá estava o que eles esperavam: um mapa. O mapa da cidade de Míriam — Areal —, suas praias, incluindo a do Sossego, onde Alex a conhecera, a estrada principal e as vicinais. Até os riachos e pequenos canais que iam desaguar no mar o mapa indicava.

Uma nesga de tristeza passou pelos olhos de Alex, até que Fernando gritou:

— Olha só, garoto, tem um endereço no fim da página!

RUA DAS TONINHAS, 35 — POSTO I — REGIMENTO 32 — PRAIA DO SOSSEGO.

Era um endereço conhecido. A Rua das Toninhas era importante em Areal. Margeava todas as praias. Era lá que os grupos de rock, pagode e música sertaneja se apresentavam para os turistas.

Alex, Fernando e a turma tinham cansado de ir lá na última temporada.

Mas... O que funcionaria no número 35, o endereço do mapa? Aí estava a oportunidade que Alex esperava: voltar a Areal e descobrir isso pessoalmente.

Graças às altas ondas — prato cheio para os surfistas —, a cidade era agora um pequeno centro turístico, mas, por muito tempo, fora um acanhado vilarejo de pescadores.

A Praia do Sossego era a que mais conservara as antigas tradições e onde se concentravam as casas de pescadores.

Outra atração do lugar era o artesanato: muitos artistas tinham se mudado para lá e instalado seus estúdios. Outros eram artesãos da terra, gente simples que passava a arte de pai para filho, como Hermínia ensinara Míriam.

— Pronto, chegamos — disse Fernando, estacionando o carro.

Era fim de tarde. O pôr do sol naquele lugar era um *show*.

De repente, formou-se um tumulto.

— Que confusão é aquela perto do mar? — perguntou Alex.

— Sei lá, parece um barco chegando — respondeu Fernando.

— Mas alguma coisa grave aconteceu.

Os rapazes correram para ver.

Alex perguntou a um pescador o que acontecera.

— Tem um que se afogô pra lá da rebentação e os sarva-vida foro acudi — respondeu o homem, com simplicidade.

O coração de Alex se apertou.

— Já sabem quem é a pessoa? — perguntou, comovido.

— Que nada, minino — continuou o pescador —, ninguém sabe nem como ela foi pará lá. Chuveu muito esses dia. O mar anda brabo. Teve Sudoeste.

Alex não queria ouvir mais nada, mas o homem continuou a história:

— Pode até sê o corpo de alguém que se afogô há alguns dia e só agora o mar devolveu. Isso acontece muito nessas banda.

Alex empalideceu.

Fernando o afastou do pescador.

— Calma, Alex, a lancha está chegando agora. Como é que esse homem pode saber de alguma coisa? Não tem nada a ver com a Míriam. Ela já sumiu há muito tempo. Se tivesse morrido, não restaria mais nada do corpo.

— Só que ela não morreu, Fernando! — ele gritou. — Eu sei disso e você também, não é?

— Claro, garoto, a gente vai achar a Míriam mais depressa do que você pensa — respondeu o amigo.

Fernando também queria acreditar nisso, apesar de saber que seria difícil encontrar Míriam com vida.

Foram observar a lancha que se aproximava. Havia dois homens dentro. Um deles se levantou com um corpo nos braços. Era corpo de mulher.

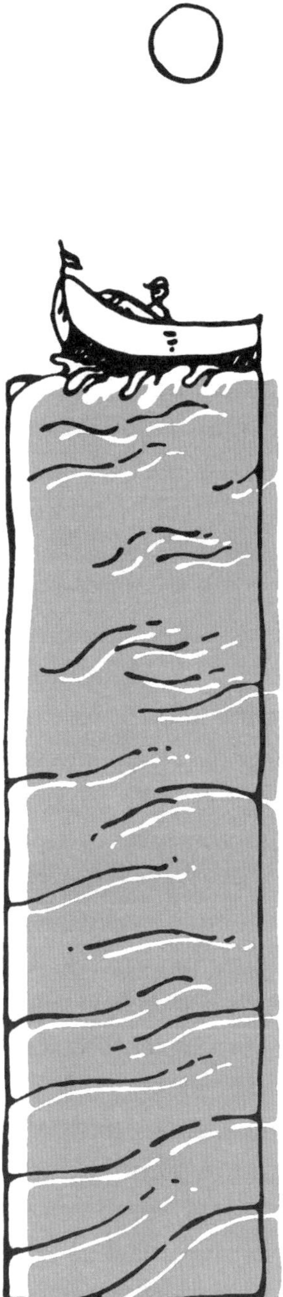

Alex fechou os olhos.

— Rápido, Alex, vamos pegar o carro! — berrou Fernando. — A pessoa está viva, está se mexendo, vamos ajudar!

Em segundos os dois chegaram com o carro. Sem perguntas, um dos salva-vidas foi colocando a garota dentro do automóvel.

Ela respirava, mas precisava de atendimento urgente.

Fernando acelerou em direção ao hospital da cidade.

Lá, o pessoal da emergência sumiu com a moça a caminho da UTI.

— Que sufoco, hein, Alex? — disse Fernando.

— Nem me fale — respondeu o amigo, bem mais calmo.

O salva-vidas apontou no corredor.

— Ainda bem que vocês apareceram com o carro. Ela poderia ter morrido, não fosse a rapidez com que chegamos aqui. Valeu — terminou o homem, estendendo a mão aos dois.

— O que foi que aconteceu com a garota? — perguntou Alex.

— É uma turista — explicou o salva-vidas —; deu vontade de tomar banho de mar. Ela achou que dava pé, foi entrando, cada vez mais fundo, e aconteceu isso tudo. Mas ela vai ficar bem. E vocês, estão aqui de passagem?

— A gente veio atrás de um...

Fernando já ia contar tudo o que pretendiam fazer na cidade, mas Alex não queria levantar suspeitas, por isso cortou logo a conversa do amigo.

— A gente veio surfar — disse ele. — Vamos ficar só uns dois dias. Aliás, será que dava pra gente visitar o posto salva-vidas? Sempre tivemos vontade de ir lá.

Fernando achou estranho o pedido de Alex. O salva-vidas também estranhou, porém, encarando Alex por uns segundos, respondeu:

— Claro, apareçam. Está aqui ó — o homem pegou um cartão e entregou aos rapazes. — Vão lá, meu nome é Raul.

Despediram-se. Os olhos de Alex se fixaram no cartão.

— Fernando, olha isto! Olha o endereço no cartão.

— RUA DAS TONINHAS, 35 — POSTO I — REGIMENTO 32 — PRAIA DO SOSSEGO — repetiu Fernando, sem acreditar no que lia. — É um posto salva-vidas, Alex, como não pensamos nisso antes? Estava escrito Posto I — Regimento 32 no tal mapa!

Não era fácil voltar à pousada dos pais de Míriam.

Em frente ao portão, Alex imaginou vê-la sentada na varanda.

Alberto apareceu na porta.

— Como é bom ver você de novo, Alex! — disse ele, comovido, abraçando o rapaz.

— Também estou feliz de rever o senhor — retribuiu Alex.

Fernando tratou de colocar as mochilas no chão enquanto os dois se abraçavam. Entraram.

Só depois de algum tempo Hermínia chegou da rua com Banza. A mulher tinha envelhecido dez anos naqueles dois meses.

Cumprimentou os meninos.

Nenhum dos dois tinha coragem de falar sobre Míriam.

— Duas ou três vezes por dia, vou ao posto salva-vidas para saber alguma coisa. Qualquer coisa sobre minha filha — disse Hermínia. — É bom tê-los aqui. Me faz sentir mais perto dela.

Dito isso, foi-se em direção à cozinha.

— A gente anda feito barata tonta, daqui e dali, o dia inteiro — disse Alberto. — Eu quero distrair a Hermínia e ela quer me distrair. A dúvida vai matando a gente aos poucos. Qualquer notícia, por pior que fosse, seria melhor do que esta situação que nós estamos vivendo.

— Não tem nenhuma novidade, né, seu Alberto? — perguntou Alex por educação.

— Nada. Como a Hermínia, eu também vou todo dia no posto salva-vidas atrás de alguma notícia, mas eles nunca têm.

Fernando pensou que talvez fosse bom contar a história do Diabo para ele. Dizer que estavam ali atrás de uma pista. Mas um olhar de Alex o convenceu a ficar quieto.

Era melhor mesmo não enchê-los de esperança. A pista podia ser falsa, e eles não queriam causar outra decepção.

— Eu tenho certeza de que logo vamos ter boas-novas, seu Alberto! — disse Alex.

Banza apareceu pedindo carinho e alegrando o ambiente. Em seguida veio Hermínia, trazendo biscoitos amanteigados e suco.

— Até que enfim, hein, dona Hermínia! Já estava sentindo falta dos seus quitutes! — brincou Fernando.

Enquanto o amigo comia, Alex pensava no cartão do salva-vidas. Raul — esse era o nome dele. Sua fisionomia não lhe era estranha. Parecia já tê-lo visto. Decididamente, iriam visitar o posto na manhã seguinte.

O burburinho dos poucos hóspedes que ocupavam a pousada naquela época do ano acordou os rapazes no outro dia. O sol já aparecera.

Que diferença da capital — quando saíram de lá fazia um frio danado.

— Bom dia, meninos! — ouviram de seu Alberto, assim que atravessaram a porta do refeitório.

Hermínia, além de artesã, era uma doceira de mão cheia. A mesa central do refeitório estava repleta de doces, geleias e bolos feitos por ela.

— Só vi uma mesa igual a esta quando fomos visitar as cidades históricas. Lembra, Alex? Porque lá em casa o café da manhã é um pingado, pão com manteiga e olhe lá, viu, dona Hermínia? Meu pai, então, não come nem isso. Toma um cafezinho preto e se manda — disse Fernando, já se acomodando.

— Cala a boca, Fernando, e toma logo esse café — resmungou Alex, que só conseguia pensar em ir procurar Raul.

Muito a contragosto, Fernando engoliu um café com leite e abandonou a mesa.

— A gente vai dar uma volta por aí — disse Alex para Hermínia, que se ocupava em atender outro hóspede.

— Espero vocês para o almoço — respondeu ela.

Os dois amigos ganharam a rua.

— Pra que lado será que fica este endereço? — perguntou Fernando. — Eu não me lembro.

— Eu sei onde fica a Rua das Toninhas — disse Alex. — Sei até onde fica o posto. Naquela tarde em que fui passear de barco com a Míriam, ele estava atracado na praia do posto. Não sei como não me lembrei disso antes.

Logo atingiram a orla. Caminharam desviando do pessoal que fazia *cooper* e dos ciclistas.

— Chegamos, é ali — mostrou Alex, estacando na calçada.

— Que foi, deu câimbra, é? — brincou Fernando.

— Não, deu saudade mesmo — respondeu Alex, com amargura.

Fernando parou com a brincadeira e deixou o amigo falar:

— No dia do passeio, Fernando, quando eu e a Míriam chegamos aqui, eu disse pra ela que estava apaixonado.

Fernando não aguentou sem soltar uma pergunta irônica:

— E aí? rolou?

— Rolou o quê? — perguntou Alex.

— Um beijo, garoto, um superbeijo, uma chupada no pescoço.

Alex sorriu. "Fernando não tinha jeito", pensou.

— Dei um beijo nela, digno de Hollywood, Fernando. Tenho o sabor dele até agora na minha boca.

Estavam no portão do posto.

Subindo os três degraus da frente em direção à porta de vidro, a primeira coisa que viram, antes mesmo de entrarem, foi um computador ligado. Ao lado dele, e encostada na janela, havia uma grande mesa de madeira.

O posto parecia vazio. Empurraram a porta e entraram.

— Ah! Aqui estão os heróis! — gritou Raul, saindo do banheiro e surpreendendo os rapazes.

— Credo, Raul, parece um fantasma. Surgiu do nada! — brincou Fernando.

— Do nada, não; surgi do banheiro. Salva-vidas também vai ao banheiro, sabia?

Dando risada, Raul foi logo oferecendo água aos visitantes e pondo-os a par das condições atmosféricas do dia.

— Em dias de sol como o de hoje é que eu tenho que ficar mais atento. Agora mesmo estava me preparando para fazer uma ronda, ver se não tem nenhum banhista mais afoito por aí.

Alex não tirava os olhos do computador. Fernando percebeu.

— Você trabalha sozinho por aqui? — perguntou Alex.

— Não, somos uma equipe. A gente se reveza em vários horários, mas sempre há pelo menos dois de nós trabalhando juntos. Daqui a pouco deve estar chegando o meu parceiro — disse Raul.

— E esse computador, é pra quê? — continuou Alex. — É só você que usa?

— Não. Na verdade ele seria para uso exclusivo do posto, mas como não há muitos computadores por aqui, a gente às vezes deixa o pessoal da cidade imprimir currículos ou digitar pequenos trabalhos. O pessoal da pousada também empresta o computador deles pros outros.

— Você conhece o seu Alberto e a dona Hermínia? — perguntou Alex.

— Não só conheço como sou muito amigo deles. Fiquei chocado com o afogamento da Míriam — disse Raul, abatido.

Alex empalideceu.

— Quem disse que a Míriam se afogou? Eu tenho certeza de que ela está viva.

— Vejo que vocês também a conheciam — comentou Raul. — Deus te ouça, rapaz; tomara que a Míriam esteja mesmo viva.

Raul interrompeu o assunto quando alguém o chamou pelo vidro da porta. Desculpando-se, saiu por uns minutos, deixando os dois sozinhos.

— Eu sabia que já tinha visto o Raul — disse Alex. — Cruzei com ele na pousada, numa tarde em que eu posava para Míriam. E tem outra coisa...

— O quê? — quis saber Fernando.

— O Diabo é esperto pra burro. O computador é público — respondeu ele.

— O que é que tem? — perguntou Fernando.

— O que tem é que o Diabo pode ser qualquer pessoa que entra aqui e usa o micro — completou Alex.

— Mas, Alex, a gente nem tem certeza de que o micro usado foi este. Pode ser que o Homem Invisível tenha se apossado de um arquivo qualquer, que, por coincidência, tinha o mapa com este endereço.

— É, pode ser. Só tem um jeito de saber: verificando se o Homem Invisível está ou não neste computador — disse Alex.

— Então aproveita agora que estamos sozinhos e dá uma olhada — disse Fernando.

Alex não pensou duas vezes; começou a mexer no computador.

— O que vocês estão fazendo aí? — disse uma voz desconhecida e de poucos amigos.

Os rapazes tiveram medo de olhar para trás. Seria o Diabo em pessoa?

— O que vocês estão fazendo aí? — ouviram novamente.

Virando-se, viram um homem olhando para eles.

— Só estávamos dando uma espiada — respondeu Alex, ainda com um rabo de olho no monitor, na esperança de ver um rastro do Homem Invisível.

O homem olhava com desconfiança.

— Quem deixou vocês entrarem aqui?

— Foi o Raul — respondeu Alex —, ele nos convidou.

— Vocês são amigos dele?

Nesse exato minuto, Raul voltou.

— Oi, Juarez, esses rapazes são os dois que ofereceram o carro pra aquele caso da moça.

— Bem, eu não sabia. Achei estranho porque peguei os dois mexendo no computador — disse Juarez.

— Desculpe, Raul — apressou-se Alex.

— Não tem problema — respondeu o salva-vidas.

— Tem problema sim — explodiu Juarez. — Eu já

te falei um milhão de vezes que não gosto que mexam no micro sem minha ordem. Uma vez alguém veio com um disquete infectado e perdemos vários dados importantes.

Alex ficou muito mais curioso.

Quanto mais Raul tentava apaziguar, mais Juarez se irritava.

— Tá vendo, pessoal — disse Raul, encerrando o assunto —, o homem é bravo.

Sem dar atenção, Juarez sentou-se em frente ao micro e verificou se estava tudo ok.

— Eu não mexi em nada — disse Alex.

— Você entende de computador? — perguntou Juarez, desconfiado.

— Um pouco. Que tipo de dados você usa nesse computador? — perguntou Alex.

— Se você entende pouco de micro não adianta eu te explicar — respondeu o outro, bruscamente. — Lido com muita coisa. A previsão do tempo, por exemplo.

Os rapazes mal conseguiram disfarçar sua satisfação.

Raul explicou que Juarez era o responsável pelo posto. Interpretava todos os dados recebidos pelo computador. Graças a ele, sabia-se quando ia chover, quando o mar ia estar perigoso ou seguro, se ia esfriar, fazer calor etc.

— Dizem que o trabalho aqui no posto melhorou muito desde que o Juarez veio pra cá.

— Quer dizer que antes dele o negócio era sol e chuva, casamento de viúva; chuva e sol, casamento de espanhol? — brincou Fernando.

— Era mais ou menos isso — respondeu Raul, dando risada.

Juarez resolveu entrar na conversa.

— Não adianta só salvar gente no mar. O mais importante é evitar que eles entrem lá quando se sabe que o tempo não vai ser bom. É claro que sempre tem aqueles que, mesmo avisados do perigo, não dão ouvidos e vão se embrenhando lá pro fundo, que nem aquela moça que vocês ajudaram ontem.

— O papo está muito bom mas a gente tem que ir embora — disse Alex.

— Voltem quando quiserem saber outras coisas sobre meteorologia, que o professor Juarez estará à disposição — brincou Raul.

— Contanto que não venham fuçar no computador — completou Juarez.

Já na rua, os dois amigos trocaram comentários. Tinham achado Juarez estranhíssimo. Mal-humorado, antipático, ríspido. Sentara

para averiguar o computador com uma ansiedade exagerada.

Alex ficou calado por um momento. Também já tinha visto Juarez na pousada junto com Raul.

— No que você está pensando? — perguntou Fernando.

— Estou pensando que soubemos de várias coisas no posto, menos se o Homem Invisível está ou não naquele computador. Você topa voltar lá comigo, Fernando?

Fosse o que fosse que Alex estivesse pensando em fazer, Fernando aceitaria. Qualquer possibilidade que lhe permitisse ajudar o amigo a encontrar Míriam era válida. Se a resposta estava naquele posto, tinham de tentar.

— Topo — respondeu Fernando.

O plano de Alex era voltarem ao posto de madrugada. Para isso, precisavam arranjar uma desculpa para os pais de Míriam.

Seria fácil driblar o seu Alberto e a dona Hermínia se os grupos de rock e os outros ainda estivessem fazendo *shows* na orla da praia. Mas eles só se apresentavam nas temporadas.

Também podiam sair às escondidas; porém, se alguma coisa acontecesse, a falta deles seria notada no café da manhã.

Decidiram dizer que iriam embora para casa.

Hermínia e Alberto estranharam a repentina decisão, encurtando a estadia dos rapazes, mas Fernando convenceu-os de que tudo aquilo estava trazendo muita mágoa para Alex.

Despedidas feitas, enfiaram as mochilas no carro e saíram no fim da tarde.

— Haja paciência pra aguentar no carro até de madrugada, hein, Alex? — disse Fernando.

— Não precisamos ficar o tempo todo no carro. Vamos comer alguma coisa, bater papo com os pescadores. Quem sabe achamos aquele velho que conta histórias. Eu podia te mostrar a pesca do aratu — lembrou Alex.

Não ia ser fácil, mas precisavam esperar que a cidade ficasse quieta e que a madrugada chegasse para colocar o plano em prática.

Rodaram por várias praias. Numa delas, viram alguns carros com casais de namorados.

— É ruim, hein! Olha só o pessoal com cada gata, e eu aqui com você! — brincou Fernando.

— Eu também não estou gostando nada, mas não tem outro jeito. — Alex respondeu à brincadeira do amigo.

Enfim, tinha chegado a hora. Tudo era silêncio.

— Vamos lá — disse Fernando, estacionando o carro nos arredores do posto.

Com muito cuidado, os dois amigos não tiveram dificuldade em arrombar a porta antiga do posto salva-vidas.

Ao entrarem, por cautela deixaram a luz apagada. O clarão da lua mostrava o caminho. Ligaram o computador sem perda de tempo.

— Se o Homem Invisível estiver aqui, teremos encontrado o fio da meada. Depois vai ser só segui-lo — cochichou Alex.

Ruídos de um motor invadiram o silêncio da noite.

Fernando aproximou-se da janela e viu um barco chegando.

O barco atracou no cais e dele saiu um homem, vindo em direção ao posto.

— Tem um homem vindo pra cá — sussurrou Fernando.

— Precisamos sair daqui agora — disse Alex, desligando o micro rapidamente.

— Não dá tempo. Ele vai ver a gente correndo.

Em segundos o sujeito estava lá. Abriu a porta de vidro e entrou. Estranhamente, também não acendeu a luz. Tornou a ligar o computador.

Os amigos tinham se escondido sob a mesa do posto, onde ficaram praticamente sem respirar, morrendo de vontade de espirrar por causa do pó. Conseguiam ver apenas os pés do homem e uma maleta que ele trouxera.

Ele tirava coisas da maleta. Pareciam anotações.

Que estaria fazendo ali naquela hora da madrugada? Seria ele o Diabo?

Alex sentia vontade de erguer a cabeça e dar uma espiadinha. Mas era perigoso demais. Afinal, se aquele homem estava invadindo o posto, eles também estavam. Só restava esperar.

Ouviam os sons dos cliques do mouse e, vez por outra, da digitação.

Alex e Fernando só podiam se comunicar com os olhos.

Ouviram o homem arrastar a cadeira; depois, o som de seus passos em direção à porta.

— Ele saiu — sussurrou Alex. — Deixou o micro ligado; dá pra ver a luz do monitor. Rápido, Fernando, vigie pelo vidro da porta enquanto eu vejo o que ele digitou.

Assim fizeram. Alex correu até o micro e Fernando se arrastou até a porta.

O homem estava longe. Voltara para o barco. Tinham algum tempo.

A janela do navegador estava aberta, o que indica que o homem havia acessado a Internet. Na tela do micro havia pouca informação. Nada mais que os mesmos dados sobre a temperatura, mas Alex rapidamente decorou o endereço que aparecia no *browser*:

http://www.homemaomar.com

Sobre a mesa viram papéis com nomes de vários navios.

— Ele está voltando! — disse Fernando.

Correram de volta para o esconderijo.

O homem entrou e foi para perto da mesa. A ponta do tênis dele quase esfregou no nariz de Alex.

Ficou parado por alguns segundos, mexendo em papéis. Repentinamente, uma das folhas voou no chão. O homem abaixou para pegá-la e, não se sabe se por pressentirem que ele os veria ou por puro pânico, os dois amigos se ergueram por debaixo da mesa, jogaram-na contra o estranho e saíram do posto feito dois foguetes.

— Corre, cara! — Alex gritou, ao ver que o amigo ficara para trás.

Chegaram ao carro quase sem fôlego.

— Liga logo essa droga e corre, Fernando. Vamos embora daqui! — mandou Alex.

Fernando saiu em disparada.

— Para o carro agora! — disse Alex, algum tempo depois.

— Escuta, você precisa decidir se é pra eu parar ou correr com esta droga.

Alex sorriu. Fernando parou o carro.

— Viemos parar na estrada. Vamos voltar para a Praia do Sossego, afinal, a gente não descobriu coisa nenhuma — disse Alex.

— Você viu a cara do sujeito? — perguntou Fernando.

— Não, e você?

— Também não.

— Olha, tem um carro seguindo a gente — mostrou Alex, preocupado.

Fernando olhou e viu que o carro já estava estacionando atrás deles.

— Estamos fritos, é a polícia.

CAPÍTULO IX

NÚMERO 4.562.345

Alex e Fernando permaneceram calados por todo o caminho. Iam, escoltados pela polícia, de volta ao posto, onde deveriam dar explicações. Eram suspeitos. Mas de quê?

Entraram no posto e viram a mesa ainda jogada no chão e, ao lado dela, Juarez.

— São estes os rapazes, moço? — perguntou o policial.

Juarez examinou-os por um momento.

— Pode ser — respondeu ele.

— Pode ser o quê? — perguntou Fernando, em tom de desafio.

— Eu vi duas pessoas saírem correndo daqui de dentro. Pensei até que haviam roubado alguma coisa! — explicou Juarez.

— E roubaram? — perguntou o guarda.

— Ainda não sei, preciso olhar com mais calma.

— O senhor pode contar de novo o que viu? — pediu o policial a Juarez.

— Bem... Ontem fiquei estudando alguns mapas até tarde. Parece que uma forte tempestade se aproxima. Resolvi vir até aqui para ver se havia algum dado novo no computador. Vim caminhando pela praia.

— Mentira! — interrompeu Fernando, imediatamente repreendido pelo policial.

Juarez continuou:

— Percebi que havia alguém aqui dentro; a luz do monitor do micro estava acesa. Achei estranho, pois eu mesmo tinha desligado tudo antes de sair, no fim da tarde.

— E você acha que se a gente quisesse roubar o computador ia perder tempo ligando ele? — disse Fernando, tentando controlar sua raiva. — Era só pegar e sair correndo!

O guarda novamente fez com que se calasse.

— Fiquei com receio de chegar perto do posto — continuou Juarez. — Pensei em chamar a polícia, mas acabei apenas pegando minha lanterna e iluminando tudo. Os dois devem ter se assustado, por isso saíram em disparada. Eu até corri um pouco atrás deles, mas desisti e voltei ao posto.

— Mentira! — desta vez Alex gritou. — Não foi nada disso.

Juarez continuou:

— Quando entrei, a mesa estava de pernas para o ar, e o computador ligado. Creio que a derrubaram na pressa da fuga.

— O que está acontecendo por aqui?

Era Raul que chegava.

— Me chamaram pelo rádio. Foi você, Juarez?

— Fui. Parece que seus amigos tentaram roubar o computador.

— Esse cara não sabe o que está dizendo. Nós não tentamos roubar nada — disse Fernando.

— Acho melhor a gente resolver este problema na delegacia — encerrou o policial.

— Não — disse Alex. — Vocês precisam ouvir nossa versão. Invadimos mesmo o posto, mas não roubamos nada. Só estávamos seguindo uma pista.

— Pista! Que pista? — perguntou Raul.

Os dois meninos se acalmaram e começaram o relato.

Contaram sobre os e-mails ameaçadores que receberam, sobre a homepage roubada, o Diabo e, finalmente, sobre o Homem Invisível. Falaram também da sua decisão de invadir o posto e do homem que entrou enquanto eles estavam lá.

— Quer dizer que vocês colocaram mesmo um vírus no micro? — gritou Juarez, descontrolado.

— Não é um vírus — explicou Alex —; é um programa que meu amigo inventou. Se ele estiver aí posso provar tudo o que disse.

Fez-se silêncio por uns instantes.

— Deixem o rapaz olhar o computador — decidiu o policial.

Raul olhou para Juarez, que achou melhor fazerem o que o guarda dizia.

— Vamos logo resolver esta situação — disse o policial.

Juarez sentou em frente ao micro e começou a seguir os comandos ditados por Alex.

Os dois amigos estavam aflitos e acompanhavam cada clique do mouse.

— Aí está ele! — gritou Alex. — O Homem Invisível.

— Isto prova que eles estavam falando a verdade? — perguntou o policial.

— Bem — disse Juarez —, eu realmente nunca vi este programa aqui.

— Se você não sabia que ele estava aí, é porque o Homem Invisível funciona — disse Alex. — Este é o micro que o Diabo usa — olhou para Juarez e fulminou-o — e o Diabo pode ser você.

Juarez deu uma gargalhada, e Raul parecia não entender nada.

— E vocês acham que só isto é capaz de provar alguma coisa? Um programa instalado no computador que eu uso! Todo mundo sabe que metade da cidade se utiliza dele também.

— Pois eu tenho uma prova — disse Alex. — É só me deixarem ir pegar no carro.

O guarda, intrigado com tudo aquilo, acompanhou o rapaz.

Fernando só conseguiu entender a que provas Alex se referia quando o viu voltando com todos os mapas e relatórios de temperaturas que haviam recebido do Diabo.

— O Homem Invisível mandou todos estes arquivos. Graças a eles, nós conseguimos chegar até aqui. Vejam: dados meteorológicos, temperaturas... — disse Alex, enquanto tirava todos os papéis de dentro de uma pasta.

Juarez não acreditava que todas aquelas planilhas tivessem ido parar no computador do rapaz. Observou cada página.

— O que é isto? — estranhou ele, pegando uma das folhas.

— A gente não sabe — disse Alex —, parece que são nomes de navios.

— E são mesmo — desta vez foi Raul quem respondeu. — São nomes de navios proibidos de navegar em águas brasileiras. Alguns faziam pesca clandestina e predatória, outros eram contrabandistas. Eu sei porque recebi vários informativos da Polícia Federal a respeito.

— Eu também li, mas depois apaguei — disse Juarez.

— Só que, antes de você apagar, o Homem Invisível me mandou — disse Alex. — E tem mais: o homem que esteve aqui no posto esta madrugada entrou na Internet. Quando ele deu uma saída, aproveitei e vi o endereço que tinha acessado.

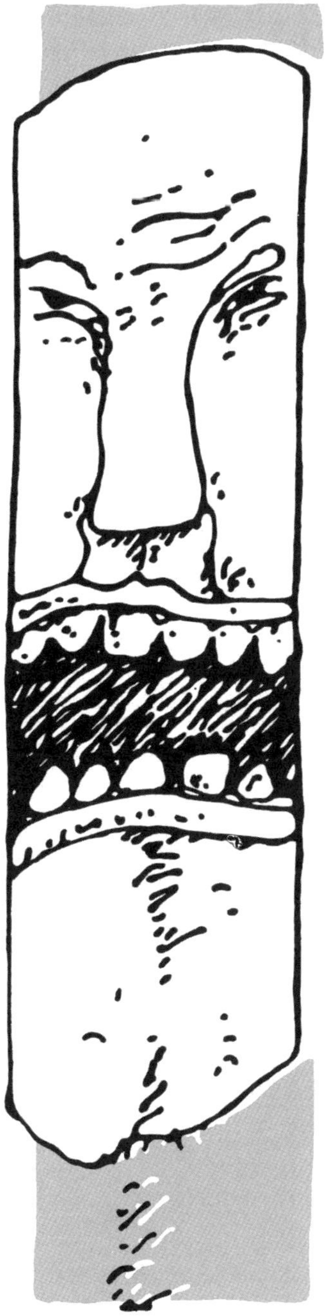

Juarez olhou para Alex, surpreso.

— Vamos averiguar, talvez haja mais alguma pista.

Digitaram o endereço indicado por Alex, mas foram surpreendidos pela chegada de um e-mail.

— Olha, a caixa postal está piscando! — disse Alex.

Clicaram, e a mensagem surgiu. Um número iniciava o texto: 4562345. Depois de ler todo o e-mail, Alex gritou, espantado:

— Não acredito que é você o culpado de tudo!

SEGUNDA PARTE

TERRA DE CORONÉIS

O "FOGO MORTO"

Os muros de taipa do pequeno forte mal tinham sido erguidos, e a cana-de-açúcar já brotava nas várzeas ainda ameaçadas pelos potiguaras. Quando se fizeram as primeiras colheitas, as águas do Rio Tibiri, a doze quilômetros da cidade de Filipeia de Nossa Senhora das Neves, já movimentavam as rodas do Engenho d'El-rei, propriedade da Coroa e o primeiro engenho construído na Capitania.

Os engenhos da Paraíba obedeciam aos modelos da Ilha da Madeira. Na casa da moenda, a cana era esmagada entre toras roliças, movidas por juntas de bois ou rodas de água. O caldo que escorria era levado para a casa das fornalhas para ser cozido em grandes caldeiras e tachos.

A vida social, política e econômica estava instalada nos engenhos. Deles saíam os que se projetavam na

administração, no clero e na carreira militar.

Os senhores de engenho paraibanos, embora não fossem tão ricos quanto os de Pernambuco, levavam também vida faustosa. Por ocasião do início da moagem, ou quando se casava alguém de uma família importante, davam festas e banquetes que duravam às vezes uma semana.

Mas a hegemonia do açúcar foi sendo progressivamente ameaçada pela expansão de duas outras lavouras bem mais lucrativas: a do algodão e a do sisal.

Instalados a princípio nas áreas rejeitadas pela cana, esses produtos começaram a roubar-lhe os solos férteis — no caso do sisal — ou a atrair maiores investimentos — caso do algodão.

E o "fogo morto", os engenhos de fornalhas apagadas, proliferou, especialmente nas zonas altas dos Brejos. Os poucos que sobreviveram passaram a viver em grande parte da produção de rapadura e aguardente para os mercados locais.

Principal instrumento de colonização e organizador de uma civilização que se construiu dos engenhos para as cidades, o açúcar deixou marca nas terras da Paraíba, onde até hoje a gente do interior olha com tristeza os casarões vazios do "fogo morto" dos engenhos de açúcar.

CENÁRIO DE MORTE

Quando as chuvas e os rios desaparecem e a água escasseia nos poços e nas cacimbas, é "verão" nas terras sertanejas da Paraíba.

No extremo oeste do estado, ocupando as encostas suaves das elevações que separam a Paraíba do Ceará e servem de divisor de águas entre as bacias dos Rios Piranhas e Jaguaribe, fica a zona sertaneja de mais alto índice de pluviosidade: o chamado Alto Sertão. Por sua condição de "pé de serra", dispõe de chuvas frequentes, rios abundantes e uma rede de grandes açudes, o que favorece a atividade agrícola.

Séculos depois do fogo morto, nesse oásis no meio do sertão, viviam as famílias Castro e Passos.

Zildério de Castro era descendente de antigos donos de engenho de açúcar. Vivia ainda no casarão que pertencera a seus ancestrais. Porém, sua gleba de terra não era das maiores. A maior parte já tinha sido vendida.

A fazenda de Zildério de Castro era praticamente tocada por ele e seus dois filhos mais velhos: Francisco e Tomé. Mas tinha um terceiro filho, que nascera temporão, quando os dois irmãos já eram moços.

Zefinha, mulher de Zildério, era doente: tinha fases de muita tristeza, outras de muita alegria. Os filhos mais velhos cuidavam dela como a uma joia preciosa, e o menor vivia rodeando a mãe. Zildério era homem rude, não afeito a demonstrações de carinho, deixando Zefinha aos cuidados dos filhos.

Alberto Passos era dono da fazenda vizinha à de Zildério de Castro. Ao contrário do vizinho, era um homem só. Não tinha mulher ou filhos nem vinha de família canavieira; tinha começado sozinho, comprando um pedaço de terra, depois outro e mais outro. Com trabalho duro, em pouco tempo era dono de uma boa gleba.

Quando Alberto comprou seu primeiro lote, os Castro nem ligaram. Mas quando viram que o vizinho prosperava e já fazia amizade com os comerciantes e homens de negócios da região, as brigas começaram.

Zildério de Castro ainda trazia consigo a arrogância e o despotismo de seus ancestrais poderosos. Na região de sua fazenda, ninguém fazia nada sem a opinião dele.

Alberto Passos foi se aborrecendo com essa história da hegemonia dos Castro.

Quando lá chegara, Alberto até tentara viver em paz com o vizinho, mas os Castro achavam que ele não

tinha berço e que era amizade que não interessava.

Um belo dia, chegou à fazenda de Alberto Passos um empregado de Zildério de Castro, trazendo um bilhete: seu patrão pedia ao vizinho que estivesse em sua fazenda, impreterivelmente, no dia seguinte bem cedo.

Apesar do tom impositivo do bilhete, Alberto Passos decidiu ir e, no dia seguinte, à hora marcada, estava na casa do vizinho.

Zildério e os dois filhos mais velhos o receberam secamente. O problema que se apresentava, pelo que dizia Zildério, era sobre uma parte de terra dos Castro que constava como sendo de Passos. Zildério queria de volta o que lhe pertencia.

Espantado, Alberto pediu uma cópia do documento e alguns dias para avaliá-lo. Caso os Castro estivessem certos, não se furtaria a devolver o pedaço de terra que lhes pertencia.

Passado o tempo pedido, Alberto Passos procurou o vizinho: tinha ido ao cartório de registro de terras e nada constava de errado no registro de sua fazenda; logo, ele nada devia aos Castro.

Zildério e os filhos não se conformaram. Fizeram um levantamento mais detalhado dos limites das terras, arranjaram cartas de políticos e senhores de engenho, e foram novamente procurar o vizinho, dando-lhe um ultimato: ou Alberto entregava a parte de terra que lhes pertencia ou teriam que resolver o assunto à bala.

CAPÍTULO III

ÁGUA E SANGUE NO SERTÃO

O filho menor dos Castro fora o único a se interessar pelos estudos. Fizera o primeiro grau na vila próxima à fazenda e estava no meio do segundo na cidade vizinha. O rapaz tomava um ônibus perto da porteira da fazenda de seu pai, de manhã bem cedo, e só retornava no fim da tarde. Tinha um sonho: ir para João Pessoa conhecer o mar e continuar os estudos. "Fé em Deus faria isso", pensava.

Naquela tarde, como de costume, o rapaz saltou do ônibus perto da porteira de sua fazenda e seguiu andando, mochila às costas. Chovia a cântaros. Ao se aproximar de casa, no entanto, não viu sua mãe acenando para ele da varanda, como de costume. Pelo contrário, viu-a sentada nos degraus da frente, toda molhada, com os braços apoiados nos joelhos e o rosto escondido entre as mãos.

Ele largou a mochila no chão, apertou o passo e ajoelhou-se ao lado da mãe, descobrindo-lhe o rosto. Ela estava em estado catatônico, parada. Suas pupilas não se moviam como se algo terrível as tivesse paralisado. O rapaz gritou por socorro, mas ninguém apareceu para acudir.

Depois de acomodar a mãe numa das cadeiras da varanda, ele chamou pelo pai e pelos irmãos. Gritou pelos empregados, mas a fazenda parecia deserta. Onde estariam todos? Por que teriam deixado a mãe ali sozinha naquele estado?

Temeroso, foi andando em direção ao pátio onde ficavam os cavalos selados, do pai e dos irmãos, durante todo o dia. O cavalo do pai não estava lá. Mas os outros dois sim. Quanto mais se aproximava deles, constatava que uma tragédia havia se abatido sobre sua família: os dois cavalos dos irmãos estavam soltos no pátio, com os corpos deles, molhados de chuva e sangue, atados em suas selas.

Aterrorizado, compreendeu a cena que sua mãe presenciara. Voltou para junto dela e ficou sentado ao seu lado até anoitecer, quando o pai, ainda ávido de vingança, voltou de sua infrutífera caçada ao inimigo.

Ao ver os cavalos voltarem sozinhos para a fazenda trazendo seus filhos mortos, a única coisa que passou pela cabeça de Zildério de Castro foi que o vizinho era o assassino. Montou em seu cavalo, juntou todos os colonos e partiu para tocaiar Alberto, deixando dona Zefinha prostrada na frente da casa.

Mas nunca mais, depois daquela tarde, se ouviu falar de Alberto Passos no sertão da Paraíba. Ele sumiu, evaporou sem deixar rastro, abandonando sua

fazenda com a porta escancarada e todos os pertences dentro.

Zildério de Castro enterrou os filhos e só viveu para esperar a morte.

Zefinha foi definhando a cada dia. Durou mais um ano ou ano e pouco, e fechou os olhos para sempre.

O filho mais novo, agora só, pelo contrário, fortaleceu-se e fez um juramento: estudaria, trabalharia e ganharia dinheiro para poder varar o Brasil, de cabo a rabo, como um cão farejador, até encontrar Alberto Passos e vingar a morte dos irmãos.

CAPÍTULO IV

NO RASTRO DO INIMIGO

Depois daquela tarde sangrenta e de ver seus pais definharem até a morte, o último dos Castro ficou sob a tutela de um tio. Mas a ideia de vingança cada vez mais se fortalecia dentro do rapaz.

Uma noite, quando todos na fazenda dormiam, ele arrumou uma maleta, roubou do tio uma quantia em dinheiro e fugiu.

Daí em diante fez de tudo um pouco: trabalhou como balconista numa loja de tecidos, como garçom num restaurante de beira de estrada, como vigia noturno numa casa de "quenga", até que chegou à capital.

Em João Pessoa, instalou-se na pensão de uma senhora, que se afeiçoou tanto a ele, que o tratou como filho durante o tempo em que ele viveu lá.

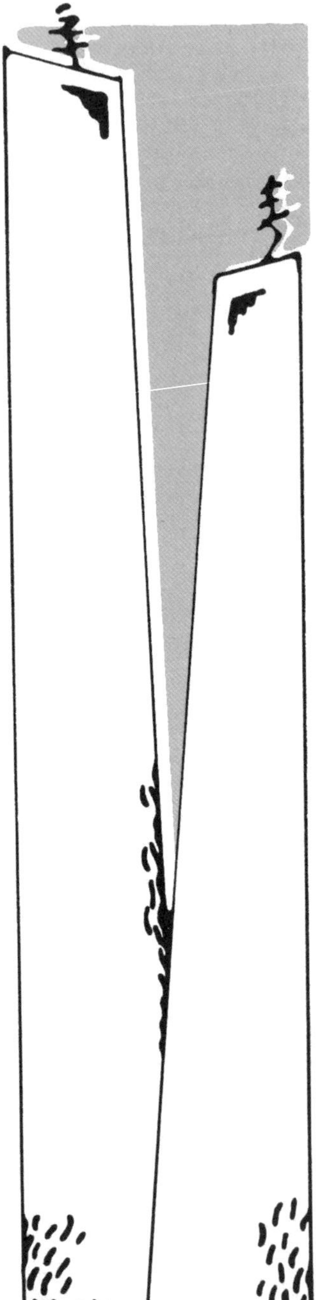

Morando na pensão e trabalhando em um banco, sua vida teria sido perfeita, não fosse a ideia fixa de vingança.

O dinheiro que roubara do tio ele ainda guardava para continuar estudando. Tinha terminado o segundo grau e estava prestes a realizar a última parte de seu antigo sonho, ou seja, fazer curso superior, pois o mar ele já conhecia muito bem. Nadava como um peixe.

A melhor faculdade da capital paraibana, naquela época, era a de Direito.

Mas, por essa ocasião, aparecera na pensão um hóspede com quem o rapaz gostava muito de conversar. Ele era professor de matemática, mas havia se especializado em informática. Prestava uma consultoria para a faculdade de Direito da Paraíba.

A informática encantou o jovem, que ficava até altas horas lendo e relendo as apostilas e os livros do professor. Decididamente, não era advogado que ele queria ser.

Ao cabo de alguns meses, o trabalho que o professor e analista de sistemas tinha ido prestar em João Pessoa terminou, e ele precisou retornar a São Paulo, onde morava. Tendo acompanhado o interesse do rapaz pela informática, e sabendo que em João Pessoa essa profissão ainda engatinhava, o professor o convidou para acompanhá-lo na viagem.

Sem pensar duas vezes, o jovem aceitou o convite. Arrumou seus pertences e acompanhou o professor rumo a São Paulo, onde poderia realizar as duas coisas que realmente lhe importavam: estudar informática e continuar farejando o rastro do inimigo. Segundo suas últimas investigações, tinha descoberto que Alberto Passos rumara para o Sudeste e estabelecera-se numa cidade praiana. Quem sabe fosse no estado de São Paulo?

João Pessoa, que já era enorme em relação à cidade onde o rapaz nascera, pareceu mínima perto da imensidão da capital paulista, aos olhos dele. Ali, ele não era mais o filho do "coronel" Zildério. Mas não fazia mal, pensava, ele venceria as barreiras e conseguiria seu intento.

O professor arrumou um emprego para Castro. Como se apresentou em São Paulo, acomodou-o em uma "república" de alunos seus e indicou-lhe um curso de informática.

Para os companheiros de "república", Castro parecia um estudante como outro qualquer. Mas nas horas de solidão, só uma imagem aparecia na memória dele: os irmãos mortos sobre os cavalos.

CAPÍTULO V

FERIADO EM AREAL

Há muito Castro terminara seu curso de informática e trabalhava no centro de processamento de dados de uma empresa.

A ideia de vingança persistia firme e arraigada nele. Em todas as férias, finais de semana e feriados que podia, Castro viajava para uma praia diferente, dos estados do Sudeste, na esperança de encontrar Alberto Passos.

Um feriado prolongado se aproximava, e a turma do trabalho dele combinava uma viagem para Areal, cidade do litoral paulista. Castro juntou-se ao grupo.

Sem reservas de acomodação, a alegre turma, ao chegar em Areal, foi tomar informações sobre hospedagem no posto salva-vidas. O encarregado do posto informou-lhes a pousada Paraíba.

Castro brincou com a turma dizendo que a pousada, com aquele nome, só podia estar esperando por ele. Certo de encontrar acomodação, o grupo rumou para lá.

Hermínia, dona da pousada, os recebeu com toda a simpatia e acomodou-os da melhor maneira.

Disperso do grupo para fazer suas investigações costumeiras, Castro, até aquele momento, nada descobrira de importante. Os nativos da cidade, pescadores e pequenos comerciantes nada haviam contado que o interessasse. Em seu quarto, mergulhado nos pensamentos, Castro ouviu a voz de Hermínia chamar por uma tal de Míriam. Curioso, abriu a janela e viu uma mocinha correndo para dentro da pousada. Devia ter uns quatorze anos, no máximo. Castro fechou a janela, vestiu-se e foi para o refeitório: era hora do jantar.

Seus amigos já o esperavam.

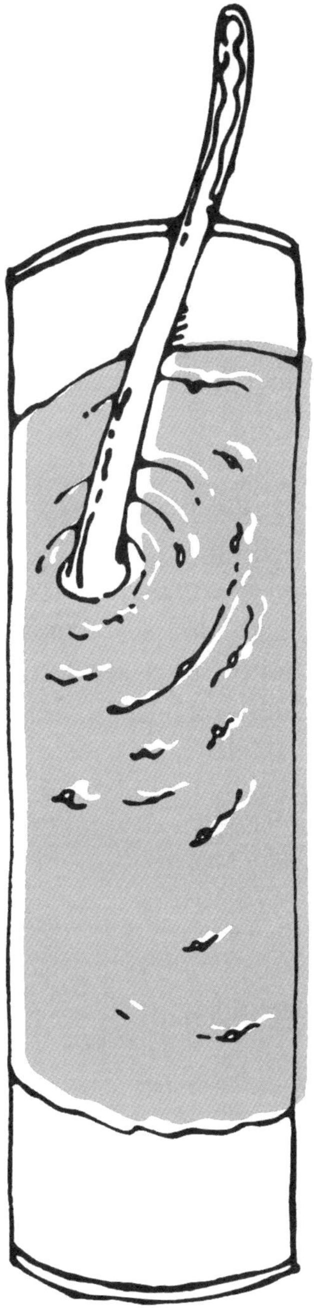

Sentado à mesa, Castro reconheceu a moça que trazia as travessas fumegantes. Perguntou o nome dela e teve como resposta "Míriam".

Hermínia aproximou-se para saber se estavam sendo bem servidos e apresentou a filha ao grupo. Ela e a filha eram as artistas da família. Seu marido Alberto ganhava dinheiro, brincava Hermínia.

Ao simples pronunciamento daquele nome, Castro perdeu o apetite. Disfarçando, tomou apenas a sopa que viera como entrada. Alegando um mal-estar, Castro despediu-se mais cedo dos amigos e foi para o quarto. No caminho, encontrou Míriam. Puxou conversa e perguntou sobre o pai dela. A moça respondeu que ele tinha ido para a capital resolver uns negócios, mas que no outro dia estaria de volta.

O sono se recusou a chegar para Castro naquela noite. Sua vontade que o dia raiasse e de que o tal Alberto chegasse era imensa.

CAPÍTULO VI

FRENTE A FRENTE

A turma custou a se convencer de que Castro não tinha ido pra farra durante a noite, tal o seu ar cansado e olheiras profundas. Em meio às brincadeiras, uma buzina estridente chamou a atenção dos hóspedes. Hermínia enxugou as mãos no avental e cruzou o salão rumo à varanda. Míriam seguiu-a. Em pouco tempo as duas estavam de volta abraçadas à cintura de um homem.

Perto de vinte anos haviam se passado, mas a fisionomia de Alberto Passos jamais saíra da lembrança de Castro. Era ele. Finalmente o achara.

Foram tantos anos de espera, que Castro nem soube o que fazer ao se deparar com o alvo de sua vingança. Ficou prostrado na mesa de café da manhã.

Alberto Passos, ao contrário, veio ao encontro dos novos hóspedes e os cumprimentou efusivamente.

Nunca Alberto poderia pensar que um daqueles rapazes fosse o filho de seu inimigo de outrora.

Os amigos, alheios a tudo, continuaram tomando o café. Mas Castro não sabia se ria de satisfação ou se chorava de saudade da família dizimada por aquele homem em pé à sua frente.

Nada fez. Apenas pediu licença e saiu.

Pensou em tudo quanto foi meio de exterminar o inimigo nas horas em que esteve só: chamá-lo para uma pescaria e jogá-lo ao mar, matá-lo com uma faca de limpar peixe, raptar Alberto e amarrá-lo a uma árvore sob sol escaldante, tendo passado sal em seus lábios para que arrebentassem. Nas mortes mais dolorosas e desumanas Castro pensou, mas nenhuma dessas ideias o fez feliz. Queria mais sofrimento para o inimigo.

Com a cabeça estourando de dor e o coração de ódio, ele se convenceu de que a melhor maneira de castigar Alberto não era matá-lo, mas, sim, matar sua filha Míriam.

Assim faria, decidiu. Iria tornar-se íntimo da família e conquistar a confiança da mocinha. Enquanto isso, ganharia tempo para concluir sua vingança.

CAPÍTULO VII

PLANOS...

O feriado terminou e a turma voltou para São Paulo. Mas no próximo fim de semana lá estava Castro de volta à pousada.

Sua presença era cada vez mais esperada por todos. Alberto e Hermínia admiravam a inteligência do rapaz. Ele os ajudou a informatizar a pousada criando um programa especial para cadastrar hóspedes, entradas e saídas.

Míriam, por sua vez, de menina ia se transformando, dia a dia, numa bela moça. Tímida e delicada. Inteligente e sensível.

Castro conversava sobre tudo com ela: arte, música, esportes e outros assuntos. Mas seus olhos sempre se ocupavam dos movimentos de Alberto Passos. Estava chegando a hora de agir.

Num dos fins de semana em que Castro estava na pousada, apareceu por lá o encarregado do posto salva-vidas. Tinha ido pedir para usar o computador, pois o do posto estava com problemas. Devia ser vírus. Castro se ofereceu para dar uma olhada.

Míriam os acompanhou até o posto. Em pouco tempo, Castro descobriu o defeito e resolveu o problema. Na volta para a pousada, Míriam perguntou por que ele não vinha morar em Areal, já que gostava tanto dali. Poderia trabalhar no posto e cuidar da informática.

Castro voltou para a capital com aquela ideia na cabeça. Realmente seria ótimo viver perto de Alberto Passos até surgir a oportunidade de concretizar sua vingança.

Assim fez: procurou o encarregado, que o apresentou ao departamento da guarda marítima, e foi contratado sob uma condição: teria de fazer o curso de salva-vidas para ajudar também nessa parte.

Foi uma festa na pousada quando souberam que Castro estava vindo de vez para Areal. Alberto Passos logo convidou-o para ocupar um dos quartos da pousada; pagaria um aluguel barato e o ajudaria com a atualização dos cadastros.

Míriam também ficou feliz. Preparou um bloco de pedra para esculpir o rosto dele.

CAPÍTULO VIII

...E MAIS PLANOS

Em pouco tempo, Castro, além de trabalhar no posto salva-vidas, também era consultor de informática da prefeitura de Areal e da guarda costeira.

O certo é que, um dia por uma coisa, outro por outra, Castro adiava a consumação de sua vingança contra Alberto Passos.

Já havia até comprado a arma e preparado o plano: Míriam costumava sair bem cedo de casa e atravessava sozinha todo o caminho cercado de coqueiros até chegar ao ponto do ônibus que a levava para a escola, na cidade vizinha. Não havia viva alma por lá aquela hora da manhã. Ele poderia esperar por ela escondido atrás de algum coqueiro, agarrá-la pelas costas, tapar-lhe a boca e matá-la. Na surdina, com uma faca, que não faria barulho. Depois, voltaria para a pousada e dormiria. Mais tarde, seria acordado por Alberto e Hermínia, desesperados de dor. Quem desconfiaria dele? Um homem bom e trabalhador, que se dava tão bem com Míriam, e que, além de tudo, pressupunha-se ter estado dormindo.

Mas os dias passavam e Castro não punha o plano em prática. "Por quê?", perguntava-se, que covardia era aquela que tolhera a ele?

Já não era o mesmo Raul de Castro que deixara a Paraíba, ávido de vingança.

Raul era mais velho que Míriam vinte anos. Mas, ao lado dela, os anos diminuíam, a cena dos irmãos mortos desaparecia, a tristeza e o abandono já não existiam; estava apaixonado.

CAPÍTULO IX

CONTINUAÇÃO DAS AVENTURAS E DESVENTURAS DE ALEX

Diante do espanto de todos, Alex leu o e-mail em voz alta:

> Tudo deu certo. Dados confirmados. Pescaria ok. Pode iniciar sua viagem, Raul. Boa sorte!

Ninguém entendeu por que o nome de Raul aparecera na tela. E aquele número, o que seria? Um código?

Curioso, Juarez voltou-se para o colega. Mas ele não estava mais na sala.

O clarear do dia, porém, o traiu. Da janela, todos puderam ver Raul entrar numa lancha e zarpar rapidamente cortando o oceano.

— Para onde ele vai? — perguntou um dos policiais.

— Está fugindo — disse Alex.

Parecia a resposta lógica, mas todos custaram a acreditar.

— O Raul?! Fugindo de quê? — perguntou Juarez.

— O homem que entrou aqui esta madrugada usava tênis; o mesmo tênis que o Raul está usando. Quase esfregou na minha cara quando se abaixou pra pegar um papel. Foi aí que a gente se assustou, jogou a mesa em cima dele e saiu correndo. Pensamos que ele iria nos ver.

Sem mais demora, um dos policiais já saía do posto, pronto para agir.

— É melhor pedir reforço e seguir Raul. Não há nada de concreto contra ele, mas fugir assim mostra que pode estar escondendo alguma coisa — disse o policial. — Vocês vêm conosco?

— Se quisermos encontrá-lo — interrompeu Juarez —, é melhor pegar o mapa. Tem muita ilhota por aí para ele se esconder.

— Não vou esperar mais nada! — disse Alex, saindo feito louco em direção a uma outra lancha que estava parada no pequeno ancoradouro.

— Alex, espera! — gritou Fernando, sem sucesso.

Ele já havia entrado na lancha e estava tentando dar a partida. Achara fácil dirigir o Flecha de Prata, a lancha não devia ser tão diferente.

Os policiais correram para a viatura, e um deles acionou o rádio.

Fernando e Juarez foram com eles, mas não conseguiam tirar os olhos da lancha, que já sumia.

Envolvido pelo vento e respingos de água, Alex

quase não conseguia ver a lancha de Raul. Apenas seguia os rastros deixados no mar.

"Juarez sabe das coisas", pensou, "tem ilhota que não acaba mais."

Alex lembrou que ali perto, no dia do passeio, tinha mergulhado e encontrado uma flor para Míriam.

Enquanto tentava a todo custo não perder a pista de Raul, sem querer as imagens do acidente começaram a ressurgir. A proximidade do local reavivara sua memória. Os fatos chegavam à sua mente como fotogramas de um filme.

Chovia muito. A natureza parecia em fúria.

Estavam sós e sem escolha.

Houve tempo apenas para que ele e Míriam trocassem um olhar de pavor, e uma parede d'água explodiu sobre os dois.

Com o impacto da onda, o barco fora erguido num salto. Ele ouviu os gritos de Míriam e sentiu que ambos eram arremessados à água.

Lembrava agora de não ter passado mais que alguns segundos submerso. Sabia que precisava voltar à tona e nadara em direção à superfície quase que por instinto.

Alex emergiu com um gosto salgado na boca. Nadou, apesar do cansaço, fazendo força para que as roupas molhadas não o arrastassem para o fundo. Gritou por socorro, gritou por Míriam. Viu-a gesticu-

lando, tentando manter-se na superfície, a poucos metros dele. Quis nadar em sua direção, afinal, era surfista e não tinha medo do mar. Porém, suas forças iam escasseando.

Já estava quase sem fôlego quando, de repente, viu um pedaço do barco que a ventania e o mar traziam na direção deles.

Um baque surdo, uma dor profunda na cabeça e mais nada.

Alex emergiu pela segunda vez.

Um pedaço de madeira apareceu flutuando. Devia ter sido também trazido pelo vento. Agarrou-se a ele como se fosse a última esperança de salvação. Estava zonzo e quase não conseguia raciocinar. Tinha consciência da dor, da chuva, dos membros que estavam ficando gelados e dormentes. Teve um pensamento mais claro: em meio àquela tempestade, nenhum barco passaria por ali para salvá-lo.

Perdeu a noção do tempo e Míriam de vista. Mesmo cansado, Alex conseguiu deitar-se sobre o pedaço de madeira, afundando os braços na água. Então, começou a colocar os pensamentos em ordem: tinha de ir para a praia, chamar o salva-vidas e voltar para buscar Míriam.

Vislumbrou uma mancha mais escura em meio à chuva; devia ser a terra. Remou com os braços naquela direção o quanto aguentou. Aos poucos, sua vista foi se turvando de novo. Não conseguia mais manter os olhos abertos. Tentou impulsionar o corpo com mais força, mas seus braços e pernas também já não obedeciam.

Desmaiou.

Quando acordou, estava na praia. Seu corpo tremia ao vento da madrugada.

Comovido com todas aquelas lembranças que estavam voltando à tona, Alex teve ainda mais ânsia de encontrar Raul. O salva-vidas devia saber o que realmente acontecera com Míriam.

Olhava cuidadosamente cada canto que passava, cada trecho de praia deserta. Às vezes, surgiam pequenos canais de água turva, que disfarçavam os rastros da lancha fugitiva.

Ao passar por um desses pequenos canais, Alex percebeu ondulações estranhas. Diminuiu a velocidade. Estava próximo demais de uma série de ilhotas.

Pôde ver a lancha de Raul ali ancorada, embrenhada em plantas d'água. Aproximou-se o máximo possível e desligou o motor.

Raul devia imaginar que alguém o seguiria, mas, conhecendo a região como a palma de sua mão, talvez apostasse que não seria descoberto. Ou, pelo contrário, tivesse feito aquilo tudo de propósito para atrair quem o estivesse seguindo.

Agora, todo cuidado era pouco.

Alex desceu no pequeno canal e foi andando na água até chegar à lancha de Raul. Não havia sinal dele.

Sorrateiramente, entrou na lancha. Não foi preciso muito para descobrir a maleta que ele e Fernando tinham visto na sala do posto. Era Raul mesmo quem estivera lá. Não havia mais dúvida.

Voltou para a água e caminhou até a praia, no mais absoluto silêncio, por entre a vegetação densa da ilhota, até que avistou uma cabana.

Então Raul tinha um esconderijo ali? Mas por quê? Alex estava cada vez mais intrigado. Aproximou-se, encostou-se na parede e pôs-se a ouvir.

Nada, nenhum barulho. Parecia estar vazia.

Decidido, Alex abriu a porta e espiou.

Estava escuro, mas havia alguém lá dentro. Percebeu o som de uma respiração. Raul poderia estar escondido, esperando para atacá-lo.

Pegou um pedaço de pau e voltou para a porta da cabana.

— Raul, é o Alex — disse. — Vamos conversar.

Não houve resposta. Resolveu entrar.

Caminhou na direção da respiração que ainda ouvia.

Encolhido em um canto, alguém se escondia.

Alex teve medo, mas não esmoreceu; chegou mais perto.

Enquanto Alex enfrentava tudo isso sozinho, a lancha da guarda costeira procurava por ele e por Raul.

Fernando e Juarez também estavam a bordo.

— Aquele Alex é pior que uma mula! Quando empaca, não há quem convença ele do contrário — dizia Fernando, nervosamente, esfregando as mãos.

— É melhor parar e dar uma olhada no mapa — o piloto sugeriu.

— Que mané mapa, que nada! Anda logo com essa lancha! — resmungou Fernando, nervoso.

Juarez o convenceu de que o piloto tinha razão. Pararam a lancha sob os protestos de Fernando.

CAPÍTULO X

ALICE

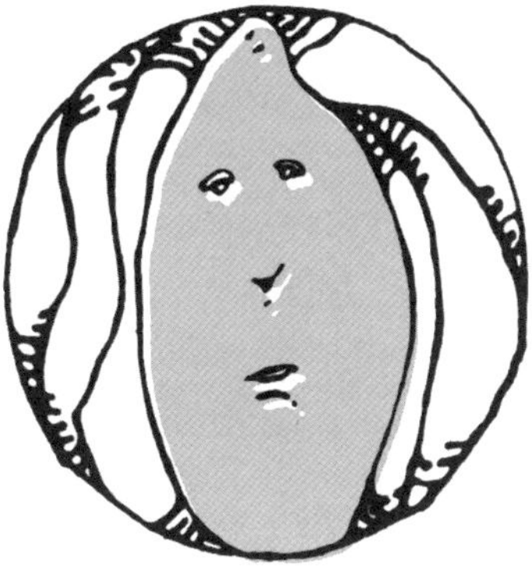

— Míriam! — gritou Alex.

Era ela debaixo do cobertor.

— Míriam, sou eu, Alex.

As lágrimas brotavam de seus olhos. Ele mal podia acreditar. Abraçou-a com força.

— Míriam, minha Míriam, você está viva! Eu sabia, eu tinha certeza!

A felicidade que sentia naquele momento era tanta que não deixava Alex perceber o quanto a menina tentava se desvencilhar dele.

— Socorro, me solta, me solta! — gritava ela.

— Sou eu, Míriam, Alex. O que foi? Não precisa ter medo.

Alex não entendeu nada quando ela se levantou e saiu correndo em direção à porta.

— Alice, corre! Vai pra lancha e me espera! — disse uma voz atrás de Alex.

Era Raul. Míriam fez o que ele mandou.

Alex fez menção de sair atrás dela, mas foi detido por Raul.

— Fique quietinho aí — disse ele, apontando uma arma. — Você não é tão esperto quanto pensa.

— O que você fez com ela? — perguntou Alex, transtornado.

— Eu não fiz nada. Ela já estava assim quando a encontrei. E o nome dela é Alice!

— Alice? — disse Alex, assustado.

— Eu vi o acidente — continuou Raul — eu estava lá.

— Como estava lá? — quis saber Alex.

— Há muito tempo eu amo a Míriam, mas jamais tive coragem de me declarar — Raul começou a contar. — Tinha medo de que Alberto e Hermínia não aprovassem. Eu tenho mais que o dobro da idade dela. Além disso, a Míriam nunca deu mostras de gostar de mim, a não ser como amigo. Na verdade, preferi continuar amando a distância. Tudo ia bem até o dia em que você apareceu na vida dela. Alberto e Hermínia se encantaram com você, mas eu fui te odiando cada dia mais. Procurava nem cruzar com você quando ia na pousada. Eu tinha vivido até ali na certeza de que um dia convenceria a Míriam a casar comigo para depois irmos embora de Areal. Achava que para você a Míriam era uma paixão de férias. Na tarde em que vocês dois haviam saído para o passeio de barco, eu vi quando chegaram na praia e se beijaram, bem em frente ao posto. Aquilo foi demais para mim — disse

Raul, com a voz embargada. — Decidi dar um basta no namoro de vocês. Deixei o Flecha de Prata zarpar, depois peguei a lancha salva-vidas e, dando a Juarez a desculpa do perigo da aproximação do Sudoeste, saí para averiguar se havia banhistas ou barcos em apuros. Estive o mais próximo que pude de vocês dois, sem me fazer notar. Vi quando o mar enfurecido balançou o barco a ponto de jogá-lo contra o recife. Vi vocês serem atirados ao oceano. O barulho das ondas e o pavor não permitiram que ouvissem a aproximação da minha lancha. No começo, eu quis ajudar — continuou Raul —, não queria que Míriam morresse. Parei a lancha no instante em que o pedaço de barco atingiu vocês. Me apavorei ao ver que afundaram de novo depois da pancada, e me joguei ao mar. Encontrei os dois desacordados.

Raul tremia. Gotas de suor escorriam de sua testa enquanto relatava a história. E assim prosseguiu:

— Pensei, naquela hora, que o destino me dava uma mãozinha. Você estava ali, à mercê da sorte. Ninguém sabia, só eu. Se a Míriam perguntasse, eu diria que somente a encontrara. Não pensei duas vezes; agarrei-a e nadei para a lancha. Mas não segui em direção à Praia do Sossego, vim para cá.

Alex não podia acreditar no que estava ouvindo.

— Você é louco, Raul. Me deixar lá pra morrer... E o que fez com a Míriam pra ela ficar assim com medo de mim, seu cafajeste?

— Ela não está com medo de você. Nem sabe quem você é — respondeu Raul. — Eu pretendia cuidar dela e depois levá-la para bem longe daqui, mas, quando acordou, vi que não se lembrava de nada, nem do próprio nome. Foi sorte demais! Sem você e com ela desmemoriada, Míriam seria só minha. Disse que o nome dela era Alice, e vivemos aqui até agora. Mas vou levá-la pra bem longe. E não vai ser você, seu fedelho, que vai me impedir — terminou Raul, cheio de ódio.

— Então é aqui que você, além de esconder a Míriam, esconde os documentos, as informações que passa para os navios clandestinos, o contrabando e o dinheiro escuso que ganha com essas transações, Raul? — perguntou Alex, concluindo todo o enigma.

— Isso não é da sua conta! — gritou Raul.

O salva-vidas poderia ter ficado quieto, esquecendo da existência de Alex depois do acidente, mas isso seria demais para ele. Precisava vingar-se, vê-lo sofrer como tinha sofrido ao ver Míriam se distanciando cada dia mais.

Não fora difícil transformar-se num hacker com o símbolo da caveira C:– ±.

Tinha ouvido Míriam contar à mãe que Alex ia fazer um site sobre ela no computador. Ia torná-la imortal também, como ela o estava fazendo na pedra. Só que havia sido o rosto dele, Raul, que Míriam esculpira primeiro.

Transtornado, pesquisou nos mecanismos de busca da Internet e logo encontrou o site. Ficou louco da vida ao ver todas aquelas fotos e lembranças de Míriam na rede. Não sossegou enquanto não começou a infernizar a vida de Alex, destruindo as páginas e fazendo ameaças. Mas jamais supôs que fosse descoberto.

Na noite anterior, quando os meninos haviam entrado no posto, Raul tinha ido lá para aguardar informações de um dos navios clandestinos. Era a confirmação de um negócio, e o número se referia a um depósito feito em sua conta bancária. Era bastante dinheiro. Sua intenção era, depois daquela transação, terminar a falsificação dos documentos de Míriam — com o nome de Alice — e pronto, os dois sairiam da cidade, do estado ou do país e viveriam felizes para sempre.

Mas só os contos de fadas terminam com "felizes para sempre".

A resposta do navio atrasara. Juarez decidira ir até o posto e, ainda por cima, Alex mandara para lá o tal programa do Homem Invisível.

Dentro do posto, às escondidas, Raul percebera a movimentação da luz de uma lanterna e se apavorara. Não tinha motivo algum para estar no posto naquela hora da madrugada — seu serviço era diurno — nem para estar mexendo no computador.

Além de tudo, já corriam boatos de que alguém estava mandando informações confidenciais para navios clandestinos. A Polícia Federal andava metendo o nariz na região, investigando denúncias de contrabando.

Tentara rapidamente juntar a papelada sobre a mesa. Foi quando um papel caiu e os meninos se apavoraram.

Tomado de total surpresa, Raul viu a mesa ser atirada sobre ele, e Alex e Fernando saírem em disparada.

Aquietou-se e espiou pela janela. Viu que a luz era da lanterna de Juarez, e que ele seguira os meninos. Teve, então, a oportunidade de fugir também.

Voltou somente mais tarde, quando a polícia já havia trazido os dois de volta ao posto.

— Por que tudo isso, Raul? Por que foi se meter em contrabando e agora num sequestro?! — perguntou Alex.

Raul deu risada.

— Você não sabe de nada desta vida, Alex. Não sabe o que é sofrer, o que é perder pai e mãe. Não sabe o que é chegar em casa e encontrar seus dois irmãos mortos e amarrados nos lombos dos cavalos. Passei vinte anos atrás do assassino, e quando o encontrei me apaixonei pela filha dele. Não é ironia demais, garoto?

A expressão de Raul se transformara. Parecia louco.

— Do que você está falando, Raul? Que assassino é esse que você procura? — perguntou Alex.

— Alberto... Alberto Passos! — gritou Raul, fazendo sinal com a arma, indicando a Alex que saísse da cabana. — Agora chega de perguntas!

Apesar de ter ficado atônito com a revelação, o rapaz precisava descobrir um jeito de escapar.

Raul levou Alex para o lado da cabana, um lugar cheio de bananeiras plantadas no chão arenoso.

— Lembra-se de quando o Diabo disse que um dia iria mandar você pra um lugar bem quentinho? Pois é, acho que chegou a hora — disse Raul, destravando a arma.

Alex percebeu que ele não brincava. Abaixou-se e, num movimento rápido, encheu a mão de areia e jogou-a nos olhos de Raul, atirando-se sobre ele.

Travou-se uma luta.

Míriam, sem entender nada, aguardava Raul na lancha.

De repente, ouviu-se um tiro.

— Acho que foi dali! — gritou Fernando. — O som do tiro veio dali.

O piloto da costeira rapidamente rumou em direção à pequena ilha. Mas foram surpreendidos por outra lancha que vinha em grande velocidade na direção contrária. Era a de Raul.

Juarez soltou um palavrão. Fernando sentiu um arrepio. Era Míriam que estava com Raul na lancha!

Mas onde estava Alex, e que tiro havia sido aquele? Seu amigo não estava armado.

Fernando tentou afastar os maus pensamentos.

A lancha da guarda costeira fez meia-volta e foi no encalço da de Raul.

"Não é justo", pensava Raul. "Tanto tempo planejando aquilo; contrabando, documentos falsificados, dinheiro poupado, para ser derrotado por um garoto idiota?!" Isso não iria acontecer.

Mas o combustível de sua lancha estava no fim. Raul se desesperou. Não tinha saída. Parou a lancha e gritou:

— Fiquem onde estão, senão eu mato a garota!

Apontou a arma para a cabeça de Míriam, que ficou muito confusa.

— Calma — gritou o policial —, não machuque a moça!

— Eu quero um helicóptero! — Raul exigiu.

Era sua única chance: sair dali voando e ir para um lugar bem distante.

Fernando, apesar de estar com os nervos em frangalhos, murmurou algo para Juarez. Ofereceu-se para mergulhar.

— Você está louco, rapaz; estamos em alto-mar, e Raul está armado! — disse Juarez.

— Eu sou surfista, nado muito bem. Estou acostumado com o mar. Se eu mergulhar pela traseira desta lancha, posso chegar por trás da de Raul. Quando ele perceber, eu já estarei lá dentro.

Ninguém gostou da ideia. Era arriscado demais.

Mas quando Juarez viu que Fernando já se preparava para mergulhar, agarrou-o pela bermuda, impedindo-o.

— Não faça isso! Deixe que eu mesmo vou — disse ele.

Enquanto o policial continuava tentando acalmar Raul, prometendo que fariam o que ele quisesse, Juarez mergulhou o mais silenciosamente que pôde. Nadou sob a superfície até dar com o casco da outra lancha. Calculou a posição em que Raul estaria e foi para o lado oposto.

Subiu a bordo e caminhou por trás, tentando não fazer barulho. Até que chegou perto de Raul e Míriam.

Os policiais o viram da outra lancha, e resolveram agir.

— Você está cercado, Raul. Jogue a arma! — gritou o guarda, para distraí-lo.

Aproveitando-se da surpresa do salva-vidas, Juarez se jogou sobre as costas dele, fazendo com que soltasse Míriam.

A moça caiu no chão, assustada.

— Fuja, garota, entre na lancha — gritou Juarez.

Ela obedeceu instintivamente. Raul já se atracava com Juarez.

A lancha da guarda costeira emparelhou com a outra. Os homens da costeira pularam nela a tempo de render Raul, que já havia nocauteado o pobre Juarez.

Enquanto o policial algemava Raul, Fernando acudia Juarez, que sangrava. Olhos curiosos espiavam de dentro da lancha.

— Venha aqui, Míriam, já está tudo bem. O perigo passou — disse Fernando.

Ela apenas continuou olhando, ressabiada.

— Não se lembra de mim? — ele insistiu. — Sou o amigo do Alex.

Fernando aproximou-se dela.

— Míriam, sou eu, já se esqueceu?

— Meu nome é Alice.

Juarez também se aproximou, dizendo:

— Você não é Alice, não. É a Míriam, filha do seu Alberto e da dona Hermínia, da pousada. Você tinha sumido num acidente de barco. Espalharam fotos suas por toda a região.

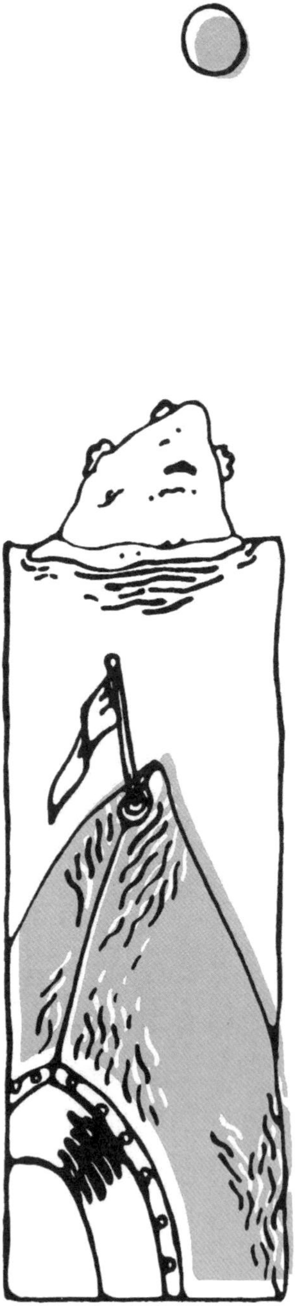

— Claro, o mesmo acidente que meu amigo Alex sofreu! — assegurou Fernando. — Por falar nisso, onde está o Alex?

Raul, imobilizado, explicou:

— Ela perdeu a memória no acidente. Dei-lhe o nome de Alice.

— Onde está o Alex, seu cretino? O que você fez com ele? — gritou Fernando, cheio de ódio.

Raul sorriu, tristemente. Para ele nada mais adiantava.

— Não precisa ter pressa; seu amigo está morto — respondeu.

A vista de Fernando turvou.

— Você... seu... assassino, seu covarde!

Quis partir para cima de Raul, mas as forças lhe faltaram. Sentou-se no chão da lancha e desabou num pranto convulsivo.

O piloto manobrou a lancha da guarda costeira e seguiu para a ilhota de onde Raul tinha vindo. Escoltado pelos policiais e por Juarez, o salva-vidas desceu e os levou até sua cabana.

O piloto e Fernando ficaram com Míriam na lancha.

Na lateral da cabana, viram o corpo de Alex caído no meio das bananeiras.

— Está vivo! — gritou Juarez. — Ainda respira.

Rapidamente trataram de carregá-lo e voltar à lancha.

Fernando exultou ao ver o amigo vivo.

— O pulso está fraco, mas o coração bate. Perdeu muito sangue — constatou Juarez, que, treinado em primeiros-socorros, fez o que pôde com a maleta de emergência da lancha. Conseguiu estancar o sangue do ferimento e pôs em ação uma máscara de oxigênio.

— Vamos direto para o hospital — informou o policial. — Chamei a delegacia pelo rádio. Uma ambulância e outra viatura vão nos encontrar no ancoradouro.

Tudo aquilo nada significava para Míriam, mas Areal virou festa com sua volta.

Hermínia e Alberto, avisados pela polícia, já estavam no cais quando a lancha atracou. A notícia havia se espalhado pela cidade.

Os pais dos dois amigos, avisados pelos de Míriam, chegaram da capital no final da tarde daquele dia conturbado.

— Alex está bem. Graças ao atendimento de emergência na lancha, não corre mais perigo de vida — disse o médico.

A mãe de Alex não sabia se ria ou chorava.

— Seu filho teve sorte — o médico acrescentou. — A bala bateu em algo que ele trazia no pescoço e se desviou. Não penetrou nenhum órgão vital. Acabou se instalando numa área muscular.

Dito isso, deu uma correntinha para os pais de Alex. Só a correntinha, sem a pedra verde. Ela havia sido destroçada pela bala.

CAPÍTULO XI

FIM DE MISTÉRIO

Alberto e Hermínia levaram a filha de volta para a pousada. Muita coisa tinha de ser explicada.

Após acomodarem Míriam em seu quarto, Hermínia e Alberto sentaram para conversar.

— Por que o Raul, que parecia tão nosso amigo, disse todas aquelas coisas pra você quando nos viu no cais, Alberto? — perguntou Hermínia. — Chamou você de assassino, de safado. Disse que só não tinha te matado por causa da Míriam. Disse que...

— Chega, Hermínia! — interrompeu Alberto. — Vou explicar tudo. Nunca te escondi que vim da Paraíba. Tanto que quando seu pai morreu troquei o nome da pensão para pousada Paraíba.

— Sim, mas que história é essa de matar os irmãos dele? É verdade, Alberto?

— É, Hermínia, matei numa discussão, mas não por querer. Só em defesa própria — explicou o marido, esfregando as mãos.

— Então por que o Raul chamou você de assassino? — perguntou a esposa.

— Raul era quase um menino quando tudo aconteceu — continuou Alberto. — Você sabe que eu tinha uma terra na Paraíba. Isso eu também já tinha te contado.

— Tinha, só que disse que a terra era de seu pai, e que ele tinha perdido tudo por não estarem registradas — disse Hermínia, aflita.

— Nessa parte eu menti — confessou Alberto.

— Mentiu pra mim, Alberto, que sou sua mulher? Por quê?

— Por medo, por puro medo — disse Alberto, cabisbaixo. — Depois da tragédia, eu arrumei uma sacola de coisas e fugi. Deixei a porta da minha casa escancarada e com todas as coisas dentro.

— Mas que diabo de tragédia foi essa, Alberto? Por favor, me conte tudo — pediu Hermínia, com os olhos marejados.

— Zildério de Castro, o pai de Raul, era dono da fazenda vizinha a minha. Nunca gostou de mim, não sei por quê...

E Alberto relatou toda a história para Hermínia.

— ...E me deu um ultimato — continuou contando —, ou eu devolvia a terra dele ou iria rolar sangue. Eu pensava que o tempo dos coronéis do Nordeste já havia passado. Continuei minha vida normalmente, sem dar ouvidos às ameaças de Zildério. Mas, naquela tarde, quando uma chuva torrencial caía sobre a fazenda, ouvi um tropel de cavalos. Espiei pela janela e vi os dois filhos de Zildério chegando, armados de espingarda. Mais do que depressa, peguei minha arma e fiquei à espreita. Os dois irmãos apearam de seus cavalos, subiram os degraus da frente da minha casa e bateram na porta. Deixando minha arma escondida atrás de um vaso, fui atender. Os dois rapazes já entraram ameaçando e dizendo que tinham vindo buscar o que era deles, que eu tinha de acompanhá-los até o cartório e fazer o acerto das terras. Eu me recusei; então, Francisco, o mais velho, com o cabo da espingarda começou a derrubar tudo quanto era coisa da minha casa. Quebrou vidros, jogou os enfeites no chão. Com uma faca furou os assentos das cadeiras, e assim por diante, enquanto Tomé se divertia gritando que cabra safado que nem eu não merecia ter tudo aquilo. Eu permaneci quieto até a hora em que Francisco sentou o cabo da espingarda no retrato de meus pais, espatifando o vidro e rasgando a foto. Aquela era a última recordação que eu tinha deles, que tão cedo se foram. O sangue me subiu, Hermínia, fiquei transtornado...

— Calma, Alberto! Vou buscar uma água com açúcar — disse ela, interrompendo, comovida com a história do marido.

Alberto tremia. Bebeu a água numa golada só e continuou o relato:

— Parti pra cima de Francisco feito uma fera. Sem esperar por isso, ele soltou sua arma no chão. Nós nos atracamos numa luta corporal. Mas o rapaz era bem maior que eu, e tinha a juventude para ajudar. Pegou no meu pescoço e quase me esgana se eu não tivesse conseguido pegar um cinzeiro de vidro de cima da mesa

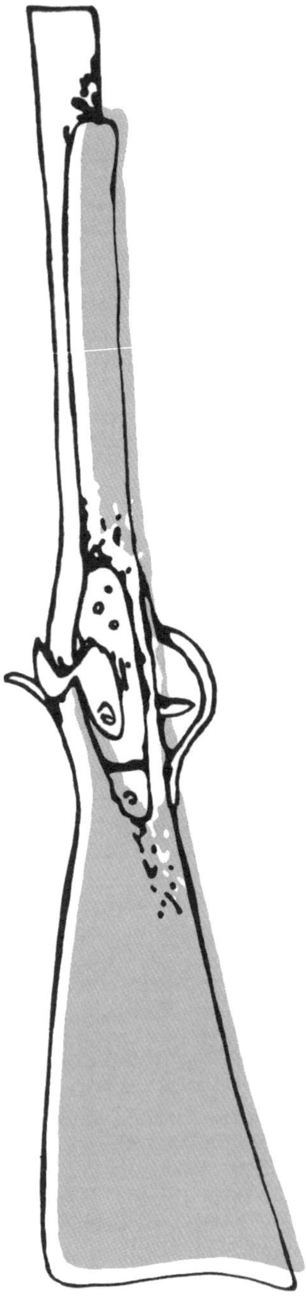

para bater na cabeça dele. Francisco ficou prostrado no chão, e eu, caído em cima. Tomé, quando viu o irmão daquele jeito, pensou que ele estivesse morto. Armou a espingarda e atirou na minha direção. Só que quando vi que Tomé ia atirar, rolei pro chão e ele atirou no próprio irmão, matando-o. Quando percebeu o que havia feito, ficou desesperado. Correu pra junto dele e se ajoelhou no chão, gritando por Francisco, feito louco. Eu, aproveitando esse momento, me esgueirei e peguei a arma que tinha escondido. Quando Tomé se voltou para mim, eu já estava armado. O rapaz me chamou de assassino e atirou em mim. Eu também atirei nele, e fui melhor; matei Tomé. Fiquei atônito com tudo aquilo. Nunca tinha matado uma mosca, Hermínia, nunca.

Alberto cobriu o rosto com as mãos, sufocando os soluços. Hermínia o abraçou com carinho.

— Chore, Alberto. Chorar faz bem à alma — disse ela.

Mais calmo, ele continuou:

— Desnorteado, não sabia o que fazer. Eu não tinha culpa, mas sabia que daquele dia em diante estava jurado de morte. Zildério de Castro não sossegaria enquanto não me visse morto. Então, fiz a única coisa errada de toda essa história: amarrei os corpos dos rapazes nos cavalos e soltei na chuva. Só hoje, quando Raul gritou toda essa história na minha cara, fui saber que os cavalos voltaram com os corpos para a fazenda. Foi horrível, Hermínia. Depois daquela tarde, vaguei pelo sertão afora, dormindo debaixo de árvore, bebendo água da chuva e comendo fruta do mato. Não conseguia imaginar como seria minha vida dali pra frente. Tinha de sumir da Paraíba. Consegui tomar um ônibus pra João Pessoa, de lá pra Recife, Bahia, Espírito Santo, e vim descendo. Trabalhava aqui e acolá, por comida e dormida. Com os trocados que ganhava ia comprando passagens e vindo mais pro Sudeste. Até que Deus se apiedou de mim pondo sua família no meu caminho. O resto você viveu comigo, e têm sido os melhores anos da minha vida. Consegui, por vezes, até esquecer o que aconteceu. Me perdoa, Hermínia.

Hermínia abraçou-se ao marido.

— Perdoar de quê, Alberto? Foi uma fatalidade. Você é um homem bom, um marido companheiro e um pai maravilhoso. Agora tudo acabou. Raul é um doente. Deve ter sofrido muito, mas a culpa não é sua. Ele vai se tratar, vai ter quem cuide dele. Agora é você que precisa de descanso.

Alberto e Hermínia ficaram no salão da pousada, abraçados numa cumplicidade madura e amorosa, até que os primeiros hóspedes começaram a chegar para o jantar.

CAPÍTULO XII

RECOMEÇO

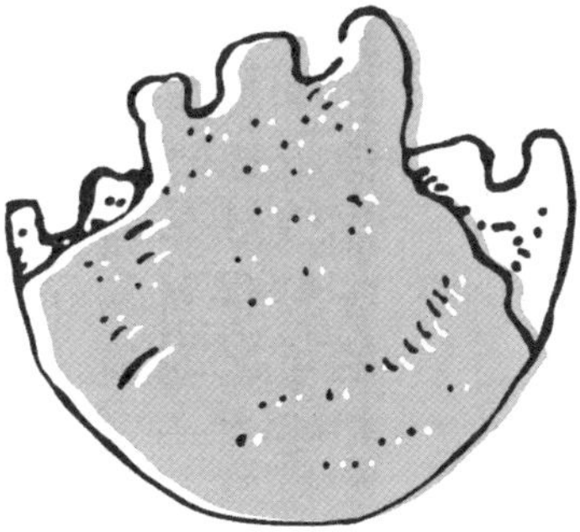

Era tempo de vazante. O mar, longe da praia, deixava uma grande faixa de areia que ainda guardava os castelos feitos pelas crianças.

O céu tinha estado cinza durante todo o dia. Esperava-se uma noite fechada, sem lua nem estrelas.

Um vento frio cortou a sala da pousada onde Hermínia secava os cabelos de Míriam com uma toalha. Ela ainda era Alice. Não lembrava onde estava nem quem eram aquelas pessoas. Sabia apenas o que tinham lhe contado.

Alex, que convalescia na pousada acompanhado da mãe, apareceu na sala.

Ao vê-lo, Hermínia cedeu seu lugar ao lado da filha.

— Termine este serviço para mim, Alex — disse ela, sorrindo e entregando a toalha.

Míriam fez menção de sair também.

Alex a deteve.

— Míriam, eu sei que não se lembra de mim, mas sofri muito sem você. Nós fomos fazer um passeio de barco e uma tempestade nos fez naufragar. Seus pais já devem ter te contado tudo isso.

— Contaram, mas eu não me lembro de nada — disse ela. — Só me lembro de ter acordado naquela cabana e de Raul. Ele foi muito bom pra mim. Disse que meu nome era Alice. É só isso que eu sei.

— Raul foi bom pra você, mas agiu mal com outras pessoas, Míriam.

— O que vai acontecer com ele? — perguntou a moça.

— Por enquanto está preso aqui mesmo. Depois vai responder a um processo. Não sei bem como essas coisas funcionam. Parece que quem é réu primário tem pena menor. É mais ou menos isso. Além do mais, Raul vai passar por um exame de sanidade mental, por causa de uma longa história de vingança. Mas não vamos falar disso agora. Vamos falar de nós dois.

Míriam afastou-se dele.

— Sabe que você é uma escultora maravilhosa? Até começou a esculpir o meu rosto, quer ver? — perguntou.

A moça o seguiu até a varanda, onde a escultura de Alex permanecia coberta por um pano. Ele a descobriu.

Míriam observou cada centímetro dela e olhou para Alex.

— Isto é só o esboço de uma escultura, Alex, mas já dá para perceber seus traços nela.

— Claro que sim, pois se sou eu! Fiquei várias tardes posando. Quando nos conhecemos, você me contou que para esculpir um rosto primeiro era preciso tatear todo ele, depois desenhar na pedra, e só depois esculpir — recordou Alex.

— Fiz isso com você? — perguntou Míriam.

— Fez. Você ficou um tempão passando a mão no meu rosto, depois desenhou e então mandou bala — brincou o rapaz.

Míriam sorriu, aproximando-se dele; e como que impelida pela ânsia de resgatar suas recordações, fechou os olhos e tateou o verdadeiro rosto de Alex.

O coração do rapaz acelerou.

Vagarosamente, Míriam abriu os olhos. Não só os da face como os da memória. Lembrou-se de Alex e recordou o passado. Suas mãos, timidamente, procuraram aconchego entre os dedos dele. Sua voz sumida, quebrando o silêncio, murmurou, espaçada:

— Alex...

Um beijo apaixonado apagou, naquele momento, as horas de angústia e as marcas do acidente.

Daquele dia cinza esperava-se uma noite fechada. Mas na calada da noite, quando todas as luzes tinham se velado, o céu claro e cheio de estrelas parecia dizer:

Carpe diem — Aproveite o dia!

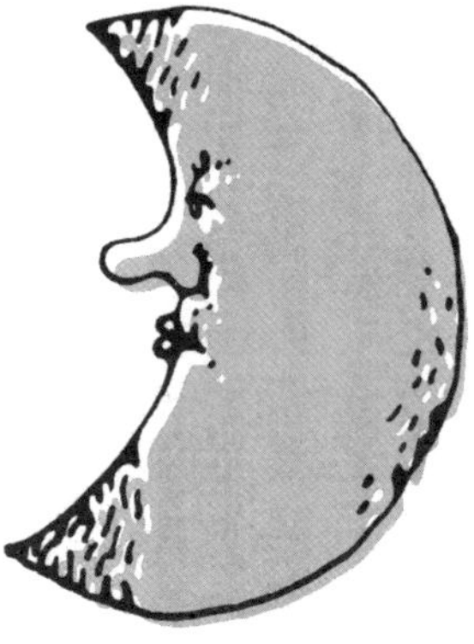

Acessar: utilizar uma informação através dos recursos de informática, como o uso de um software, um endereço de uma página na rede etc.
Anexo: arquivo (de texto, imagem, multimídia etc.) que acompanha um e-mail.
Antivírus: programa que detecta e elimina vírus de computador.
Aplicativo: nome genérico de um programa, geralmente de fácil utilização, direcionado a uma atividade específica.
Arquivo: cada conjunto de assuntos armazenado em meio magnético (disco rígido do computador, CD-ROM etc.).
Backup: cópia de segurança de arquivos.
Browser: programa visualizador que permite ao internauta navegar pelos sites; navegador.
Caixa postal: caixa de mensagens onde ficam armazenadas as correspondências eletrônicas.
Clicar: acessar uma informação através de mouse ou de um link.
Conexão: comunicação entre computadores.
Correio eletrônico: sistema de envio e recebimento de mensagens através do computador.
Deletar: excluir uma informação ou arquivo.
Descanso de tela: software geralmente acionado automaticamente quando o computador permanece sem uso após um tempo previamente programado, para evitar o desgaste do monitor.
Disquete: dispositivo para armazenar informações magnéticas.
E-mail: forma reduzida de *electronic mail* (correio eletrônico). Também é utilizado para designar a mensagem enviada através de uma rede de comunicação e empregado como sinônimo de endereço de correio eletrônico.
Hacker: nome genérico da pessoa que, por meio de seus conhecimentos de informática, tenta burlar a segurança de programas, sites e/ou servidores/provedores.
Hardware: na informática, tudo o que se refere ao computador como máquina e seus dispositivos (mouse, impressora, scanner etc.).
Homepage: página da Internet. Geralmente a primeira página de um site. Ex.: www.editorasaraiva.com.br

Infectar: contaminar com vírus.
Informática: ciência da computação.
Inicializar: iniciar um sistema operacional.
Internet: sistema mundial de interligação de computadores. É a maior rede mundial de comunicação.
Internauta: pessoa que navega na Internet.
Link: ligação. Ícone ou endereço que remete o internauta a uma página na Internet.
Micro: abreviatura de microcomputador.
Mouse: "rato" – hardware que complementa as funções próprias do teclado, como acessar um link, virar uma página de um programa de texto etc.
Navegar: passear pela Internet em busca de informações.
Programa: nome genérico de um conjunto de instruções para fazer o computador executar determinadas funções.
Programador: profissional que executa programas de computador.
Provedor de acesso: empresa que faz a ligação entre o usuário e a Internet, mesmo que esse usuário seja uma outra rede.
Rastrear: procurar um rastro; seguir pistas.
Rede: estrutura que permite a conexão entre vários computadores.
Senha: código utilizado, dentre outras coisas, para o acesso à Internet.
Servidor: computador que administra a rede, compartilhando arquivos entre usuários.
Site: sítio, local virtual onde se situa a homepage.
Software: todo e qualquer conjunto de instruções executadas no computador. Um software pode ser um programa, um sistema, uma rotina, um sistema operacional, um aplicativo, uma linguagem ou qualquer outro conjunto de instruções, independentemente da função, do tamanho, da forma, da linguagem ou de qualquer outra característica.
Vírus: programa criado para atrapalhar o funcionamento de computadores, chegando às vezes a provocar situações extremas, com a perda de informações.
Winchester: disco rígido. Disco interno do computador onde os dados são armazenados.

"Fazia um frio exagerado naquele início de outono."

Esta frase martelava, dia e noite, na cabeça da Eliana Martins.

Intrigada, e sem saber em que história usar a frase, decidiu passar um e-mail para o amigo Manuel Filho.

De: elianahmartins@uol.com.br
Para: manuelfilho@hotmail.com
Assunto: Frase Maluca

Manuel,
Já estou ficando meio lelé da cuca de tanto pensar numa frase: "Fazia um frio exagerado naquele início de outono". Não faço a menor ideia de onde usá-la.
Você não quer me ajudar a bolar alguma história onde possamos enfiar a dita-cuja?
Espero sua resposta.
Um beijo da Eliana.

De: manuelfilho@hotmail.com
Para: elianahmartins@uol.com.br
Assunto: Re: Frase Maluca

Oi, Eliana,
Adorei a frase, sabia? Acho que daria um bom começo para história de suspense ou policial. Talvez pudéssemos explorar o mundo da informática, onde o bandido seria um hacker. O que você acha?
Além do mais, você me pegou em boa hora, pois acabei de trabalhar em mais uma peça de teatro e gravei meu disco.
Você sabe que eu já escrevi para televisão, rádio, teatro, mas nunca escrevi livro. Se você me quiser mesmo como parceiro, eu topo.

De: elianahmartins@uol.com.br
Para: manuelfilho@hotmail.com
Assunto: Re: Re: Frase Maluca

Manuel,
Que bom você ter aceitado escrever um livro em parceria comigo. Tenho vários livros publicados, e alguns são em parceria. Também fiz trabalhos em parceria para televisão e teatro. Só não gravei CD, como você. Só sei cantar no chuveiro.
É muito bom dividir trabalho com colegas, trocar ideias, fazer, desfazer e encontrar um meio termo.
Achei incrível sua ideia de colocar um hacker como bandido, mas só tem um probleminha: não entendo nadica de nada de informática! Só sei lidar com editor de texto.
Mas se você topar escrever as partes da história que falarem de informática e eu as demais, podemos começar o livro amanhã mesmo.

E foi assim que surgiu *Um e-mail em vermelho*, do trabalho em conjunto, da confiança que Manuel Filho e Eliana Martins depositaram um no outro, do respeito à opinião de cada um, da divisão de tarefas e, principalmente, do saber ouvir, entender e opinar.

Os autores

SOBRE O ILUSTRADOR

César Landucci é designer gráfico, ilustrador, ceramista e xilogravurista. Trabalha com artes gráficas há mais de duas décadas. Ilustrou para o *Folhetim* e o *Leia Livros*. Em 1992, um de seus projetos gráficos, o da coleção Acorda, bicho-homem, recebeu o Prêmio Jabuti, na categoria Melhor Projeto Gráfico. Suas ilustrações receberam o selo Altamente Recomendável, da FNLIJ. Vive em São Paulo, onde tem seu estúdio, o Aeroestúdio.